ZuenirVentura Crônicas de um Fim de Século

ZuenirVentura

Crônicas de um Fim de Século

© 1999 by Zuenir Ventura

Todos os direitos desta edição reservados à
EDITORA OBJETIVA LTDA., rua Cosme Velho, 103
Rio de Janeiro — RJ — CEP: 22241-090
Tel.: (21) 2199-7824 — Fax: (21) 2199-7825
www.objetiva.com.br

Edição
Isa Pessoa

Capa e Projeto Gráfico
Victor Burton

Fotos do Autor
Márcia Kranz

Revisão
Fátima Fadel
Umberto Figueiredo
Sandra Pássaro

Editoração Eletrônica
Textos & Formas Ltda.

CIP-BRASIL. CATALOGAÇÃO-NA-FONTE
SINDICATO NACIONAL DOS EDITORES DE LIVROS, RJ

578c

Ventura, Zuenir
  Crônicas de um fim de século / Zuenir Ventura. - Rio de Janeiro: Objetiva, 2008.
  222p.

  Publicadas originalmente no Jornal do Brasil, em O Globo e na revista Época, entre os anos de 1995 e 1999
  ISBN 85-7302-273-6

  1. Civilização moderna - Século XX - Crônica. 2. Crônica brasileira. I. Título.

08-0075.   CDD: 869.98
                        CDU: 821.134.3(81)-8

Apresentação   08

1. Alto, moreno, careca, procura
Meu mundo caiu (27/2/99)   13
Quem disse que o sentimento é *kitsch*? (12/8/95)   16
O samba do diálogo doido (26/10/96)   19
Minha hérnia esquerda e os comerciais (17/8/96)   22
Um idoso na fila do Detran (7/9/96)   25
"Ando tão à flor da pele que..." (11/10/97)   28
"Quem quiser que se fume" (20/7/96)   30
Esforço contra o mau humor (18/4/98)   33
Um meio-elogio à meia-idade (12/9/98)   36
Das dores e do alívio de um parto (15/8/98)   38
Papo de varões acima de uma certa idade (6/4/96)   41

2. Tempos e contratempos pós-modernos
A destruição criadora (12/6/99)   47
Uma escola que banaliza o bem (17/7/99)   50
Pergunte ao lixeiro (13/3/99)   53
A tribo que mais cresce entre nós (s/d)   56
Ah, se Machado visse agora esses braços (27/7/96)   59

Uma Capitu da era do celular (21/10/95)	62
Sasha, teles, o público e o privado (8/8/98)	65
No tempo em que se tratava o mestre com carinho (11/11/95)	68
Modernos ou apenas *mudernos*? (27/9/97)	71
Em vez das células, as cédulas (1-3-97)	74

3. Como se choca o ovo da serpente

Um país do isso e do aquilo (25/10/97)	79
O pior do Brasil para os EUA (15/7/95)	82
Os nossos absurdos, que absurdo! (28/6/97)	85
Quem está matando o Estado? (13/9/97)	87
O pós-fim (14/8/99)	89
Tão longe e tão perto (26/6/99)	92
Um FHC que jamais se esquece (2/9/95)	95
De Canudos a Eldorado dos Carajás (20/4/96)	98
Entre 69 e 99 o que mudou, afinal? (19/7/99)	101
Quando o esperado faz surpresa (20/12/97)	103
Procura-se um legista para abrir cofres (13/7/96)	105
Vantagens do nervo exposto (11/4/99)	108
Será que um dia vai dar certo? (28/3/98)	111
É o passado que está batendo à porta (21/6/99)	114
O risco de virar uma imensa Alagoas (26/7/97)	116
Vê melhor quem nos vê de longe (4/4/98)	118
A melhor lição vem da derrota (14/3/98)	121
Brasileiro não gosta da realidade, gosta de símbolos (16/8/99)	124

4. O atribulado mundo dos seres urbanos

As lições que os gringos nos deixaram (30/11/96)	129
"Meu país é meu patrão" (20/2/99)	132
No final da cidade, um ponto de exclamação (7/10/95)	135
O que Nova York tem a ver com o Rio (14/7/98)	138
Sobre uma obsessão carioca: o paulista (8/2/99)	141
Cenas de uma cidade partida (6/1/96)	143
Os gaúchos estão com a bola toda (6/7/96)	146
Trinta anos depois, o baiano Gil continua com razão (15/2/99)	149

Uma beleza para ser vista do alto (24/8/98)	152
Praia, o nosso melhor lugar-comum (26/12/98)	154
A Terra da Permissão (27/3/99)	157
Uma revolução dos bons modos (3/4/99)	160
Recado de primavera (28/9/96)	163
Ai de ti, Ipanema (6/2/99)	166
E agora dê graças a Deus e ao ladrão (9/8/97)	169
Matando mosca com canhão (29/11/97)	171
Como torce a cidade que inventou os torcedores (29/3/99)	173
A descoberta de uma nação (20/1/96)	175
O consolo é que o outro foi igual, ou não (11/1/97)	178
De pão de queijo e de acarajé (12/12/98)	181
O valor do contrapeso (6/3/99)	184
Sem luz no fim do túnel e dentro de casa (1/3/96)	187

5. Dos vivos e dos mortos

Viagem ao universo de um louco genial (2/11/96)	193
Ei, ei ei, Darcy é o nosso rei (22/2/97)	196
Enfim, a unanimidade inteligente: Fernanda (2/8/99)	198
Melhor que o personagem que encarnou (8/2/97)	200
Em algum lugar ao norte do país (29/7/95)	203
De timidez e de dois tímidos muito especiais (23/9/95)	206
Esse é o verdadeiro Brasil. Ou é o outro? (27/6/98)	209
À sombra de dinossauros em flor (14/10/95)	212
Como imaginar que dessa vez era para valer? (16/8/97)	215
Apenas um brasileiro descrente (16/1/98)	218
Tá faltando um no nosso zunzunzum (22/11/97)	221

Apresentação

As crônicas aqui reunidas tratam de questões que de alguma maneira nos ocuparam nesse fim de século que, às vezes, parece o fim de mundo, pela gravidade dos problemas. A sorte é que de tanto decretar o fim — das ideologias, da história, dos estados, dos valores — e anunciar o pós-tudo, o pós-fim, esses melancólicos tempos pós-modernos desmoralizaram até a descrença e o desencanto. Como tudo nesse mundo à beira da catástrofe, também o medo, o pânico e o espanto foram banalizados. Mas, independente da retórica apocalíptica, as pragas reais estão aí mesmo: aids, drogas, terrorismo, atentados ao meio ambiente, fundamentalismo, ataques especulativos.

Publicadas originalmente no *Jornal do Brasil*, em *O Globo* e na revista *Época*, entre os anos de 1995 e 1999, as crônicas selecionadas foram divididas aqui em blocos temáticos. No primeiro, estão reunidos os textos mais pessoais do autor, mais íntimos. O segundo bloco contém registros de uma sociedade às voltas com as novas tecnologias de comunicação e seus efeitos no comportamento. Em "Como se choca o ovo da serpente", está um pouco do país que teima em não dar certo — seus dramas, impasses e a permanente incompetência governamental. O quarto bloco, "O atribulado mundo dos seres urbanos", fala das cidades, tendo à frente o Rio, do êxtase e do terror. Finalmente, em "Dos vivos e dos mortos", aparecem os personagens que participam de nosso cotidiano e nossa história, ou que participaram, os que se foram.

Há nesses textos o testemunho de uma crise global — do mundo, do país e da cidade, crise econômica, política, financeira, moral. Talvez por isso e porque estamos sendo contemporâneos de uma turbulência planetária como jamais se viu, o susto nem sempre nos deixa ver que nem todas as crises são iguais, nem todas são negativas; há crises que fazem avançar e as que, como as da adolescência, são progressistas.

Felizmente, os jornalistas, os sociólogos e os economistas não sabem prever: são craques na *previsão* do passado. Não previmos o fim do império soviético, nem a queda do muro de Berlim, nem o fim do comunismo, nem aqui perto o *impeachment* de Collor. Em compensação, anúncios de fim de mundo tivemos uns três nessa última década do novecentos.

Ainda bem que somos esse fracasso, porque assim se pode acreditar que, entre mortos e feridos dessa catástrofe insistentemente anunciada, vão se salvar todos, até a esperança. Pelo menos enquanto estiverem lendo este livro.

1 | Alto, moreno, careca, procura

Inquietações do cronista — ou como deter a desabalada e geral queda de esperança. Velhice chegando e a descoberta de que não precisa mais entrar em fila. Quando o perigo é morrer não do colesterol, mas da dieta, como o Brasil. Jornalista é o voyeurista que gosta de contar.

Meu mundo caiu

Cronista pede ajuda aos leitores para conseguir (re)encontrar:

— aquele país estável que tinha se livrado definitivamente da inflação e onde as pessoas comiam frango e iogurte baratos, os desdentados podiam usar dentaduras, os idosos faziam *check-up* anual e as empregadas domésticas passavam férias nas ilhas gregas;

— aquele monarca poliglota que vivia rindo como aeromoça, achava fácil governar o país e um dia garantiu (parece que em quatro línguas): "Não fui eleito para resolver uma crise, que é passageira, mas para criar empregos, impedir a volta da inflação e manter a estabilidade";

— os bons e velhos tempos em que alguém, lembrando um caso parecido, já teria proposto uma sábia solução para a atual crise econômico-financeira: "Chega de intermediário: para presidente do Banco Central, George Soros";

— algum porta-voz para dizer com que cara ficam o presidente da República e o ministro da Fazenda depois da declaração de ACM contra o FMI, colocando em dúvida a soberania nacional. A soberania pode até resistir, mas a taxa de vergonha nacional passa a valer tanto quanto um real;

— aquele bravo e injustiçado soberano que teve que enfrentar tantas incompreensões dos derrotistas, fracassômanos, pessimistas, neobobos, caipiras, vagabundos, enfim, de todos os que diziam — imagine o absurdo — que não ia dar certo;

— um certo livro que nos anos 60 mostrava como o destino dos países dependentes é ficar cada vez mais dependentes. Ele pode estar voltando à moda, mesmo que o autor, o então chamado "príncipe dos sociólogos", queira esquecê-lo;

— os tão malfalados anos 80, que as pessoas chamavam de "década perdida", ou "anos cínicos", ou era do "vale tudo" ("Brasil, mostra a tua cara"), sem desconfiar que os 90 poderiam ser piores, a ponto de nos fazerem suspirar: "saudades dos anos 80!";

— o time dos racionais da economia, dos devotos do neoliberalismo e dos adoradores de fetiche que viviam falando da "lógica" ou da "mão invisível" do mercado, acusando de descrentes os que denunciavam o desvario e a insensatez da nova ordem financeira;

— um deputado que possa informar o que é preciso fazer para ser cassado no Congresso, além de extorquir, violar, torturar, exterminar e matar em série;

— uma Justiça menos morosa e mais justa que um dia consiga mandar para a cadeia bandidos de colarinho branco.

— um infeliz que bote a mão no fogo pelo nosso estado de saúde econômica depois que o presidente do BC de lá, ou seria de cá?, se é que faz diferença, disse como um elogio que nossa doença não é contagiosa, tranquilizando assim não o doente, mas os que têm contato com ele: o mal é grave, mas não pega;

— um paraíso sem políticos e sem economistas, governado não por um e dois Fernandos, mas por uma Fernanda, a Montenegro;

— um mundo menos volátil, no qual o que é sólido não desmanche no ar e cuja insustentável leveza do ser seja mais densa e suportável;

— o Rio de Janeiro de Dolores Duran, tão bem-interpretada por Soraya Ravenle, a melhor atriz-cantora do teatro carioca;

— paz de criança dormindo, mas não na rua, nem assaltando nas esquinas ou pedindo esmola e a gente sem saber o que é pior;

— calçadas sem carros, sem obstáculos e sem cocô de cachorro;

— alguém para me dizer quando é que devo acionar o *circuit breaker* para interromper a desabalada e geral queda de esperança. Estou numa *dirty float* daquelas, e bota flutuação suja nisso. Minha cabeça está flutuando mais do que dólar e nem sei mais a diferença entre banda larga e banda podre, Banda e bunda de Ipanema. Estou a ponto de fazer como aquela cantora politicamente angustiada que em meio à crise ética desabafou: "O problema do Brasil é essa falta de impunidade."

Além de tudo, e como se não bastasse, o cavalheiro alto, moreno, careca, procura ainda um time para torcer como o tricolor de Castilho, Píndaro e Pinheiro, e uma escola de samba como a Império Serrano de "Bumbum paticumbum prugurundum". E o sucesso de Miguel Falabella.

Quem disse que o sentimento é *kitsch*?

Todas as cartas de amor são ridículas, já advertiu poeticamente Fernando Pessoa na voz do seu heterônimo Álvaro de Campos. Não só as cartas de amor, ele acrescentou, mas também "os sentimentos esdrúxulos".

Na verdade, por pudor crítico, a gente tende a achar ridículos todos os sentimentos, ou todas as cartas e confissões sentimentais, esquecendo-se de que, como disse Pessoa no mesmo poema, "só as criaturas que nunca escreveram cartas de amor é que são ridículas".

Em matéria de emoções, o medo de ser ridículo nos faz mais ridículos. Impomos tantas restrições ao que vem do coração que somos capazes de exibir idéias pobres com o maior desplante, mas temos vergonha de demonstrar até os melhores sentimentos, ainda mais agora que os ventos pós-modernos propõem a razão cética e a lógica cínica como visão de mundo, confundindo tudo com pieguice, fraqueza ou capitulação sentimental.

Isso fica claro em certas situações críticas, na solidão noturna de um corredor de hospital, diante de riscos impensáveis, em face da doença de um filho. Nesses momentos, a alma cheia de cuidados e desassossegos se abre para o despudor sentimental, para a onda de solidariedade com a qual amigos, ah, os amigos, banham a nossa angústia.

Aí o que vale não é a linguagem convencional, incapaz de descrever a experiência, mas as formas emocionais de comunicação. Não importam os significantes, mas os significados, os gestos gratuitos, aparentemente sem utilidade, uma palavra apenas, às vezes nem isso, um toque, um bilhete, um aperto de mão, um abraço mudo, um olhar úmido, um símbolo — nada de novo, de original, mas quanto conforto!

Costuma-se exaltar a cabeça como fonte da razão e denunciar o coração como sede da insensatez, como músculo incapaz de ter autocrítica e de ser original. Que seja assim. E daí? Nada pior do que uma idéia feita, mas nada melhor do que um sentimento usado. A cabeça pode gostar de novidade, mas o coração adora repetir o já provado. Se as idéias vivem da originalidade, os sentimentos gostam da redundância. Não é por acaso que o prazer procura a repetição.

As teorias da comunicação ensinam que só há informação quando há originalidade, ou seja, quanto menor for a redundância de uma mensagem, maior será a sua taxa de informação. Se você comunica a uma pessoa o que ela já sabe, a quantidade de informação é zero.

Não há dúvida de que isso funciona para a informação semântica. Ninguém lê jornal de ontem, nem vai atrás do já visto. Quando se muda de campo, porém, e se entra no terreno da mensagem sentimental, lírica ou emocional, parece ocorrer o contrário: o amor, a amizade e o afeto são recorrentes, insistentes, precisam, pedem confirmação.

Talvez por isso a gente não se canse de revisitar a poesia, a mais lírica das expressões. A redundância não diminui a beleza nem o teor poético de um poema. Nada mais prazeroso do que repetir versos de cor. Houve uma época em que nós, adolescentes, declamávamos poemas como hoje se recitam letras de rap. Revidava-se Drummond com Bandeira; a um Lorca se respondia com um Pessoa; cultivava-se João Cabral de Melo Neto e havia sempre um Vinícius para acalentar uma cantada.

A poesia serve para disfarçar o pudor e serve também para exprimir o indizível — aqueles estados de intensidade emocional que exigem formas requintadas e duradouras de expressão. Em certas horas, o melhor remédio são versos esparsos de esquecidos poemas. Eles vêm ao acaso, trazidos pela memória involuntária. "O sol tão claro lá fora e em minhalma anoitecendo", de Bandeira, ou "Esta manhã tem a tristeza de um crepúsculo", também dele. "Há um amargo de boca na minha alma", de Pessoa. "Apagada e vil tristeza", de Camões, e assim por diante, como se fosse uma antologia do coração.

Em *A insustentável leveza do ser*, o *best-seller* que todo mundo leu nos anos 80, Kundera escreveu várias páginas sobre o perigo da manipulação de sentimentos pelo poder que em geral leva ao *kitsch* político, ou seja, à contravenção, ao engodo na política. É preciso cuidado porque o fenômeno ronda todas as formas de expressão do homem e está sempre à espreita das realizações artísticas.

Tudo bem, todo cuidado é pouco, não se faz arte com bons sentimentos — o *kitsch* é o mau gosto estético. Mas quem disse que a vida é uma obra de arte? Quem disse que o sentimento é *kitsch*?

O samba do diálogo doido

Nessa época do ano somos muito procurados por alunos de comunicação em busca de dados para complementar seus trabalhos finais. Eles estão sempre com pressa, correndo, "Tenho que entregar amanhã, o senhor me desculpe, mas sabe como é, é a pressa". Alguns se preparam, surpreendem até pelo que sabem, mas muitos não sabem nem o que perguntar. Esses são os mais engraçados. Juntando algumas pérolas numa só entrevista, daria esse colar de *nonsense*:

— É da casa do Sr. Zoemir?

Errar meu nome é humano. Há os que me chamam de Joenir, dona Suelir, Juvenil, Sra. Sulenir e assim por diante. Já estou acostumado e procuro trocar a irritação por brincadeira:

— Mais ou menos.

— Como mais ou menos, não é da casa dele?

— Pra ser completamente, você precisa trocar o **o** pelo **u** e o **m** pelo **n**. Assim você acerta o nome, que é Zuenir.

— Ah, sim, claro, desculpa, é a pressa. Zeunuir, né?

— Não, mas deixa pra lá. Me dá o número do fax que mando por escrito.

— Então vamos começar: como é que é isso de ser jornalista e escritor?

Sabia que em algum momento ia pintar essa pergunta. Ela é tão freqüente e inútil quanto aquelas do tipo "Como vai o jornalismo?". "E a situação política?" (lembra aquela pergunta que ainda se faz na televisão a uma senhora diante da tragédia em que perdeu a casa e os filhos: "E como é que a senhora se sente?"). Tenho vontade de gozar o meu futuro colega: "Só respondo se você me disser como é que é isso de ser aluno e ignorante." Mas o rapaz é simpático e resolvo responder qualquer bobagem igualmente genérica, enquanto espero a pergunta seguinte:

— Não tive tempo de ler seus livros. Nessa época do ano, você sabe, a gente mal tem tempo pra dormir, só deu para dar uma olhada no "Ano que não aconteceu". Você podia dar uma resumidinha?

Parecia o Bussunda pedindo pra dar uma raspadinha, mas aí eu já comecei a não achar graça. Errar o nome, vá lá; um nome desses é pra errar mesmo. Mas errar o título de um livro *seu* é demais! Nessa altura, o humor já não é o mesmo:

— Olha, meu filho, já sei que você vai dizer que é a pressa, as provas, o fim de ano, essas coisas. Mas poderia pelo menos ter lido a capa. Aí você veria que é "não terminou".

— Ah, sim, claro, o *Ano que não terminou*, como é que fui fazer essa confusão?, só mesmo a pressa. Já prometi que a primeira coisa que vou fazer quando acabar esse trabalho é ler seu livro. Aliás, estou muito curioso porque meu pai sempre fala de 64.

— O livro não é sobre 1964 — rosno entredentes (me contendo para não completar: "Paspalhão").

— Ih, claro, hoje só dou fora, mas é essa correria de fim de ano.

De repórter o jovem tem pelo menos a cara-de-pau: não se encabula com as seguidas gafes e mente como um político. Por isso, resolvo desafiar meu leitor insincero:

— Mas o último livro, você leu, não?

— O "Cidade repartida"? Claro.

Já não quero corrigir mais nada e digo que tá bem, é isso mesmo: "repartida" e não partida. Ele se anima e garante que "É muito bom". Digo que esses são os melhores, os que a gente não leu, mas ele não dá o braço a torcer nem quando lhe pergunto onde se passa a história que ele não leu, não vai ler, mas jura que leu. Responde com aquela esperteza de aluno preguiçoso no exame oral:

— Deixa eu ver, peraí, eu sei, vou me lembrar: é na favela do Vidigal, não é não?

O silêncio do lado de cá parece perturbá-lo um pouco, um pouco só, porque logo se apruma e engata:

— Vamos mudar de assunto agora e falar um pouco de você, de sua vida. Como é que você começou?

Já estou irritado, mas tento fazer graça com o meu mau humor:

— Cara, eu já estou quase acabando e você vem me perguntar como comecei?

Ele não perde a pose e resolve me agradar:

— Realmente estou em falta com você porque não tive tempo de ler os livros, mas vou ler. Em compensação, te leio diariamente no jornal, não perco uma coluna.

Eu podia tentar desarmá-lo dizendo que só escrevo uma vez por semana, mas não ia adiantar nada, ele emendaria: "Ah, sim, claro, mas é como se escrevesse todo dia." Desisto, ele é imbatível. Agradeço a preferência e a fidelidade desse leitor ideal, capaz de ler até quando a gente não escreve. Resignado, só quero me livrar da entrevista, desligar o telefone e ficar à espera do próximo:

— É da casa do Sr. Zoemir?

Minha hérnia esquerda e os comerciais

Mesmo com tanta coisa surpreendente e chocante acontecendo — a reviravolta nas previsões eleitorais, as transações do governo com a Universal, a omissão do ministro no atropelamento do operário —, apesar disso e de muito mais, resolvi falar de minha hérnia esquerda. Por que não falar logo do umbigo e sim de uma hérnia, que além de tudo é anacrônica — de esquerda?

Sei que é um assunto particular que só deveria interessar a mim, mas pelo número de pessoas que já passaram pela experiência, ou vão passar, ou correm o risco de passar, acho que o tema transcende a experiência pessoal. Talvez não seja nem isso, não deve ser nenhum impulso nobre de socializar informação, mas simples deformação profissional — a compulsão de contar. Dizem que somos *voyeurs*, mas somos piores. *Voyeur* goza olhando; jornalista, contando.

Velho freqüentador de hospitais, como visitante ou acompanhante, entrei agora em um como paciente, pela primeira vez: me submeti a uma operação. Há um ano, desde que o Dr. Balli diagnosticou no meu lado esquerdo uma hérnia inguinal, passei a driblar a operação e a usá-la para tudo, inclusive como desculpa para descumprir compromissos inadiáveis.

Descobri que não há álibi melhor do que operação. "Operação" impressiona mais do que "cirurgia". Cirurgia parece ser coisa menor, coisa de gengiva. Operação costuma vir associada a risco ou fracasso: operação de trânsito, Operação Rio, Operação Uruguai.

Disse que era uma situação inédita, mas o cinema e a televisão não deixam mais a gente viver uma experiência inteiramente desconhecida. Há sempre uma sensação de *déjà-vu*. Na maca, a caminho da sala de cirurgia, me senti, por exemplo, personagem do *Plantão médico*.

Uma câmera imaginária *deitada* junto a mim, fazendo o teto e as luzes passarem como se eles, sim, se movessem, eu olhando de baixo para cima os gorros azuis e as caras mascaradas — tudo aquilo eu já tinha vivido vendo televisão. Quase reclamei quando não contaram "Um, dois e... três" para mim. No *Plantão*, como se sabe, nenhum paciente é transferido de uma maca para a cama ou mesa sem que os enfermeiros, segurando os braços e as pernas, façam aquele coro: "Um, dois e... três."

No mais, foi tudo muito simples e sem clímax dramático. Teve uma hora em que eu, mesmo atento, fiz papel de foca. Achava que mal tinha chegado à sala, quando o Dr. Armando, o cirurgião, e o Dr. Sérgio, o anestesista, me acordaram de um sono que me pareceu um rápido cochilo, perguntando:

— E então, já está pronto? Podemos começar?

Quando eu disse "Claro, estou pronto", ouviu-se a gargalhada de toda a equipe. O Dr. Armando completou:

— Acabou, seu bobo. Você já foi operado.

Não percebi nem quando me viraram para aplicar a anestesia peridural, aquela que é dada na espinha e paralisa só a parte de baixo do corpo. Não vi e nem ouvi nada, a não ser um vozerio distante, que na verdade era na própria sala: conversas, comentários, risos. Não só nos filmes, mas também no mundo real, eles adoram bater papo enquanto trabalham.

Saí da sala sem o corpo estranho ao qual já estava me habituando até com um certo orgulho — "a minha hérnia esquerda!" — e com a sensação de que sofrera uma cirurgia virtual. Era só sensação, claro, porque o desconforto pós-operatório é sempre real.

Virtual mesmo é a grande novidade que eu iria ver na TV nos dias seguintes: os tais *comerciais políticos*. Eles não só podem alterar opiniões e convicções na velocidade com que se troca de sabão em pó, como mudam a natureza da campanha eleitoral, transformando a política em puro *marketing* e criando o reino encantado da propaganda enganosa: tudo sem controle de qualidade, sem regulamentação do mercado, sem a possibilidade que se tem, como lembrou um publicitário, de reclamar no Procon ou no Conar quando "um xampu faz meu cabelo cair". Nos comerciais, além da sedução, vale tudo, já que não há nem entidades de defesa do eleitor, como existem para o consumidor. Posso inventar biografia, prometer milagres, afirmar o impossível, e você vai reclamar quando? Depois que eu for eleito?

Desse jeito, não seria o caso de acabar logo com os intermediários e fazer tudo descaradamente? Em vez de eleições, pesquisas de opinião; em lugar de discursos, mensagens publicitárias; não mais políticos, mas bens de consumo. E por que não um *Você Decide* em lugar da chata escolha democrática? Como se dizia antigamente: "não vai fazer nada?!"

Estou quase pedindo ao Dr. Armando minha hérnia esquerda de volta.

Um idoso na fila do Detran

"O senhor aqui é idoso", gritava a senhora para o guarda, no meio da confusão na porta do Detran da Avenida Presidente Vargas, apontando com o dedo o tal "senhor". Como ninguém protestasse, o policial abriu caminho para que o velhinho enfim passasse à frente de todo mundo para buscar a sua carteira.

Olhei em volta e procurei com os olhos o velhinho, mas nada. De repente, percebi que o "idoso" que a dama solidária queria proteger do empurra-empurra não era outro senão eu.

Até hoje não me refiz do choque, eu que já tinha me acostumado a vários e traumáticos ritos de passagem para a maturidade: dos 40, quando em crise se entra pela primeira vez nos "enta"; dos 50, quando, deprimido, se sente que jamais vai se fazer outros 50 (a gente acha que pode chegar aos 80, mas aos 100?); e dos 60, quando um eufemismo diz que a gente entrou na "terceira idade". Nunca passou pela minha cabeça que houvesse uma outra passagem, um outro marco, aos 65 anos. E, muito menos, nunca achei que viesse a ser chamado, tão cedo, de "idoso", ainda mais numa fila do Detran.

Na hora, tive vontade de pedir à tal senhora que falasse mais baixo. Na verdade, tive vontade mesmo foi de lhe dizer: "Idoso é o senhor seu pai." O que mais irritava era a ausência total de hesitação ou dúvida. Como é que ela tinha tanta certeza? Que ousadia! Quem lhe garantia que eu tinha 65 anos, se nem pediu pra ver minha identidade? E o guarda paspalhão, por que não criou um caso, exigindo prova e documentos? Será que era tão evidente assim?

Como além de idoso eu era um recém-operado, acabei aceitando ser colocado pela porta adentro. Mas confesso que furei a fila sonhando com a massa gritando, revoltada: "Esse coroa tá furando a fila! Ele não é idoso! Manda ele lá pro fim!". Mas que nada, nem um pio. O silêncio de aprovação aumentava o sentimento de que eu era ao mesmo tempo privilegiado e vítima — do tempo. Me lembrei da manhã em que acordei fazendo 60 anos: "Isso é uma sacanagem comigo", me disse, "eu não mereço". Há poucos dias, ao revelar minha idade, uma jovem universitária reagira assim: "Mas ninguém lhe dá isso." Respondi que, em matéria de idade, o triste é que ninguém precisa dar para você ter. De qualquer maneira, era um gentil consolo da linda jovem. Ali na porta do Detran, nem isso, nenhuma alma caridosa para me "dar" um pouco menos.

Subi e a mocinha da mesa de informações apontou para os balcões 15 e 16, onde havia um cartaz avisando: "Gestantes, deficientes físicos e pessoas idosas." Hesitei um pouco e ela, já impaciente, perguntou: "O senhor não tem mais de 65 anos, não é idoso?".

— Não, sou gestante — tive vontade de responder, mas percebi que não carregava nenhum sinal aparente de que tinha amamentado ou estava prestes a amamentar alguém. Saí resmungando: "Não tenho *mais*, tenho *só* 65 anos."

O ridículo, a partir de uma certa idade, é como você fica avaro em matéria de tempo: briga por causa de um mês, de um dia. "Você nasceu no dia 14, eu sou do dia 15", já ouvi essa discussão.

Enquanto espero ser chamado, vou tentando me lembrar quem me faz companhia nesse triste transe. Aí, se não me falha a memória — e essa é a segunda coisa que mais falha nessa idade —, me lembro que Fernando Henrique, Maluf e Chico Anysio estariam sentados ali comigo. Por associação de idéias, ou de idades, vou recordando também que só no jornalismo, entre companheiros de geração, há um respeitável time dos que não entram mais em fila do Detran, ou estão quase não entrando: Ziraldo, Dines, Gullar, Evandro Carlos, Milton Coelho, Janio de Freitas (Lemos, Cony, Barreto, Armando e Figueiró já andam de graça em ônibus há um bom tempo). Sei que devo estar cometendo injustiça com um ou outro — de ano, meses ou dias —, e eles vão ficar bravos. Mas não perdem por esperar: é questão de tempo.

Ah, sim, onde é que eu estava mesmo? "No Detran", diz uma voz. Ah, sim. "E o atendimento?". Ah, sim, está mais civilizado, há mais ordem e limpeza. Mas mesmo sem entrar em fila passa-se um dia para renovar a carteira. Pelo menos alguma coisa se renova nessa idade.

"Ando tão à flor da pele que..."

... não digo que esteja chorando por qualquer beijo de novela, como canta Zeca Baleiro no disco da Gal. Mas sempre que vejo uma interpretação de Fernanda Montenegro, não consigo deixar de ficar repetindo "Que atriz!" e anunciando pra todo mundo que ela é minha amiga.

Ando tão à flor da pele que me emocionei com o Papa e, se pudesse ter chegado perto dele, não sei se não teria pegado nas suas bochechas, como fez aquela senhora, nem se não teria me jogado aos prantos sobre o seu peito, como fez Fafá de Belém.

Ando tão à flor da pele que na hora em que ele começou a rodar a bengala entrei em pânico. Achei que ia rodar outras coisas também. Me lembrei de histórias de famílias em que há sempre um velhinho adorável que, à medida que envelhece, vai voltando à infância e perdendo a autocensura e o superego, até culminar numa daquelas cenas em que um belo dia, num surto lúdico de liberdade, sai nu pela rua. E se João Paulo começasse a se desvencilhar dos paramentos e jogasse tudo para o ar e resolvesse ficar, digamos, à flor da pele?

Ando tão à flor da pele que ao ouvir *Jesus Cristo, eu estou aqui*, fiquei em êxtase religioso e passei a teimar com um amigo ateu que Roberto Carlos, ajoelhado diante de Sua Santidade, nunca foi separado e que Maria Rita era sua primeira e única mulher.

Ando tão à flor da pele que me sinto feliz não por sonhar em ver o Fluminense campeão, mas por torcer, a cada semana, para que ele não seja rebaixado.

Ando tão à flor da pele que ao ouvir Francis Hime cantar *Vai passar*, no Canecão, entrei na ala dos napoleões retintos e me lembrei do que me disse Tárik — que não há e não houve no mundo outro país com tantas feras eruditas tocando ou fazendo samba como sambista: o próprio Francis, Mário Reis, Tom, Wagner Tiso, Edu Lobo.

Ando tão à flor da pele que senti um grande *malaise* — que nem FH — ao ler as pressões indelicadas do embaixador americano e ao saber que os EUA nos consideram um país de corruptos, de Judiciário ineficiente e de sistema precário de educação. Senti saudades de Lincoln Gordon.

Ando tão à flor da pele que morri de peninha ao saber que juízes, magistrados e militares perderam seus privilégios, ao mesmo tempo que morri de vergonha vendo os três mercadores de votos sendo absolvidos. Tive vontade de bater palmas para aquela cena do José Genoíno arrancando da lapela seu broche de parlamentar.

Ando tão à flor da pele que ao ouvir Gal e Zeca Baleiro misturando essa música — *Flor da pele* — com *Vapor barato*, de Waly e Macalé, fundindo anos 90 e anos 70, vapor fatal e vapor letal, desbunde e rebunde, me arrepiei de emoção e achei que dava uma crônica.

Então, com minhas calças vermelhas, meu casaco de general, cheio de anéis, fui descendo por todas as ruas com o meu desejo se confundindo numa vontade de não ser, e minha pele queimando como o fogo do juízo final, oh, minha grande, oh, minha pequena, oh, minha grande obsessão.

Num mesmo fotograma vi Waltinho, Fernandinha e Daniela tomando aquele velho navio e partindo para terras estrangeiras.

Mas tudo isso porque Gal, Zeca e eu andamos muito à flor da pele.

"Quem quiser que se fume"

O primeiro efeito dessa lei antifumo, radical e cheia de furos, não foi apagar os cigarros, mas acender uma grande polêmica. Discutiu-se tudo essa semana, enquanto se continuava fumando nos lugares proibidos. A medida teve pelo menos o mérito de ser pretexto para debates sobre democracia, direitos individuais e coletivos, respeito ao outro e até livre-arbítrio.

Um fumante furioso escreveu acusando o jornal de "fúria antitabagista" e de estar querendo proibir, por exemplo, o suicídio por lei. "Onde fica a liberdade dos indivíduos?", perguntava, sem admitir no seu protesto a premissa democrática de que a liberdade de um termina quando sua fumaça começa a incomodar o outro.

A lei pegou todo mundo de surpresa. Quem sabe se, com uma preparação, não teria acontecido o que aconteceu com a obrigatoriedade do cinto de segurança — ninguém achava que ia colar e colou. É evidente que no caso do fumo é tudo mais radical: ou se é fumante ou não, ou melhor, ou se solta fumaça ou não. O problema não está tanto no vício, mas no que ele expele no ar. Por isso, a paz só virá quando se inventar um cigarro sem fumaça.

Eu mesmo não sei como aplicar a lei dentro de casa. Há um ano deixei de fumar, mas minha mulher continua — e gosta de fumar no quarto antes de dormir, aliás, como eu antes. Sei que qualquer guarda da esquina me daria razão no caso. Mas e se ela se sentir no direito de fumar no carro de portas abertas alegando estar num espaço público arejado?

Na verdade, não sou um antitabagista militante. Primeiro, porque os ex-fumantes costumam ser muito chatos, tão chatos quanto os ex-comunistas. Gostam de fazer catequese e pregar a conversão, mas acabam provando que são tão intolerantes agora quanto eram antes. Segundo, porque parece que só há duas maneiras de deixar o vício: por vontade própria ou por medo — não da lei, mas do câncer.

Rubem Braga foi o melhor exemplo de como o fenômeno é complexo. Fumando dois maços e meio por dia, ele tinha chegado àquele ponto em que o cigarro não dá mais prazer, era pura compulsão. O enfisema já tinha tomado conta dele e a tosse, depois de impedi-lo de freqüentar cinema ou teatro, provocou-lhe uma hérnia. Foi quando se descobriu "um ponto no pulmão", logo operado.

Entre as lendas que envolviam o nosso maior cronista, estava a de que ele andava com um pedaço do pulmão encardido e bichado pronto a ser exibido quando alguém acendia um cigarro perto dele. Nunca vi isso, mas a bronca que me deu uma vez fez o mesmo efeito: nunca mais fumei na sua frente.

A versão do cronista era outra. O Dr. Marcelo Garcia, que assistiu à operação, sim, é que teve um choque quando viu a cor do pulmão do amigo, um choque tão forte que deixou de fumar para sempre. O episódio serviu para o Velho Braga deixar uma genial crônica, uma das melhores obras, senão a melhor, da literatura antitabagista, que é pródiga em boas intenções e má qualidade.

Já a iconografia e a literatura de apologia do fumo são consagradas: os heróis de Hollywood com o cigarro no canto da boca ou riscando o fósforo no sapato para acender o cigarro da mocinha; Graciliano Ramos fumando Selma e escrevendo *Vidas secas*; os famosos versos de Augusto dos Anjos que toda a minha geração declamou — "Acende teu cigarro!/ O beijo, amigo, / é a véspera do escarro." (Reparem que o que vai provocar o escarro não é o cigarro, mas o beijo) —; Manuel Bandeira, tuberculoso, exaltando servilmente o mal — "O fumo faz mal aos meus pulmões comidos pelas algas/ O fumo é amargo e abjeto/ Fumo abençoado, que és amargo e abjeto".

Não é de hoje que o fumo faz mal aos pulmões mais do que à arte (quando vejo uma propaganda do Ministério da Saúde depois de um anúncio de cigarro, fico com vontade de voltar a fumar). Exceção dessa regra, a crônica de Rubem Braga é a história do desencanto de um antigo combatente, de um militante do bem que resolve contar todas as humilhações passadas de um viciado que saía de madrugada para procurar um botequim ou era capaz de "juntar baganas dos cinzeiros sujos, e até do chão". E depois, arrependido e cansado, consciente da inutilidade de sua pregação, porque "o sujeito ainda caçoa da gente, de cigarro no bico", lança esse desabafo que é uma obra-prima de ceticismo bem/mal-humorado:

"Ah, quem quiser que se fume."

Esforço contra o mau humor

"Vocês andam muito mal-humorados", me disse a estudante de 16 anos, referindo-se aos que ela chama, como todo mundo, de "formadores de opinião". Respondi que era discutível a classificação. Pelo menos na parte que me toca, acho que não formo opinião nem em casa. Mas em relação ao mau humor, ela talvez tivesse razão.

Não sei se é mau humor ou pessimismo, ou os dois, e se a culpa é toda nossa. De qualquer maneira, diante da queixa da leitora insatisfeita e como não quero passar por velho ranzinza, achei que devia me esforçar para desmenti-la. Um belo dia desta semana acordei com a disposição de fazer uma crônica para cima, otimista, sem baixarias.

A manhã de outono ajudava. O sol nessa época já perdeu aquela virulência do verão e o mar estava azul de verde. Para quem gosta de andar no calçadão, esse clima e essa paisagem já produziriam endorfina suficiente para aumentar a taxa de bem-estar e diminuir a de colesterol.

Fiquei em dúvida se saía antes ou depois de ler os jornais. Acabei não resistindo e esse foi o meu erro: dar uma olhada nas primeiras páginas. Bem que o filósofo Tutty Vasques advertira que mosquito da dengue, *pit-bull*, fungos no ar-refrigerado e Ratinho na TV ao mesmo tempo são demais. De fato, não está fácil ser otimista hoje em dia. Tudo parece conspirar contra: das grandes notícias até as mais corriqueiras.

Pode-se dizer a bem do otimismo que a semana produziu pelo menos a boa notícia da cassação de Sérgio Naya. Por uns momentos se teve a sensação de que algo começava a mudar. Todo mundo vibrou, houve justas comemorações. A banda podre estava derrotada, a Câmara se redimia.

Logo se percebeu, no entanto, o efeito perverso da vitória. A margem de votos foi tão estreita que pode servir para garantir a absolvição dos outros acusados pendentes, encerrando o processo de punição. Tem sido sempre assim: cada boa-nova parece trazer consigo um contrapeso negativo.

No caso de Naya ainda foi pior. No Rio, a notícia dividiu as primeiras páginas dos jornais com o assassinato bárbaro e cruel de uma jovem estudante, quase na porta do Palácio Guanabara.

O velho Esquadrão da Morte costumava pregar cartazes no peito das vítimas com mensagens de afronta e provocação, desafiando a polícia e prometendo novas execuções. Sobre o corpo de Ana Carolina ficou um cartaz imaginário anunciando simbolicamente o que já se sabe: que não existe espaço de segurança na cidade — nem na porta das delegacias, nem nos quartéis, muito menos na porta dos palácios do governo.

O mais grave agora é que os bandidos nem sequer desafiam mais as autoridades. A mensagem que a morte de Ana Carolina traz é de zombaria e desdém. É uma gargalhada de escárnio para ser ouvida a 300 metros. Assim, quem sabe, o governador ouve, já que é surdo aos protestos e à indignação da sociedade.

Chocado com o relato do crime, saí finalmente atrás de endorfina. No calçadão fui recebido por dois enormes cães puxando um jovem franzino por uma correia fina. Não sei se eram *pit-bull* ou raça pior; só sei que, sem focinheira, a única proteção que se tinha contra eles era a esperança de que nada irritasse as duas feras. Tudo dependia do bom humor dos dois.

Já os conhecia, eles são freqüentadores de Ipanema, como vários outros. Mas dessa vez tive mais medo e fui embora depressa. Achei que devia adotar o recurso que as pessoas estão usando para se sentirem seguras: ligar o ar-refrigerado e permanecer em casa vendo televisão.

Cheguei e fiz isso. Só então me dei conta do perigo que corria: como os jornais haviam anunciado, aquele ar tão agradável que me entrava pelos pulmões estava carregado de fungos e bactérias.

Portanto, eu tinha que escolher: nas ruas, a violência; no calçadão, os *pit-bulls*; na água parada, a dengue; na água em movimento, os coliformes fecais; no ar lá de fora, a poluição; aqui dentro, a infecção.

O mau humor aumentou quando descobri que não tinha anotado o telefone da estudante de 16 anos para lhe dizer o quanto me esforcei para desmenti-la.

Um meio-elogio à meia-idade

Somados, teríamos aí por volta de uns cinco mil anos de idade — e de prudência, juízo, sabedoria e experiência. Mas também de muito colesterol, triglicerídeo e ácido úrico. Éramos cerca de 90 idosos, entre expositores e ouvintes, reunidos para discutir o tema da velhice, dentro do ciclo "Rio na virada do século", que há três anos vem sendo promovido pela Associação Cultural da Arquidiocese do Rio.

Já ia escrever que a reunião seria para debater o futuro da terceira idade quando me dei conta de que poderia ser mal compreendido. "E velhice tem futuro?", alguém poderia me provocar, ainda mais nesse Brasil neoliberal, onde a senectude está condenada não só pela biologia, mas também pela política. Aqui, na minha idade, ou se é presidente da República ou se corre o risco de ser chamado de vagabundo.

O tema do seminário foi "Envelhecimento saudável — Responsabilidade de todos nós", e nele aprendi muita coisa, ainda que se diga que nessa idade não se aprende mais nada. Aprendi, por exemplo, que o Brasil não é mais um país de jovens, mas de velhos; que há um século a esperança de vida era de 33 anos e agora é de 70; que há 14 milhões de brasileiros com mais de 75 e, pasmem, 15 mil com mais de 100.

O problema é que, apesar disso, nossa sociedade tem o mais solene desprezo pela terceira idade. "Idosos como eu continuam descartáveis", disse o padre Fernando Ávila — ele, que continua sendo uma das melhores cabeças do país e que, com sua exposição sobre ética, demonstrou que pelo menos intelectualmente pode-se ficar melhor com a idade.

"Com a mísera aposentadoria ou pensão que recebe, o velho pobre sobrevive sem dignidade", declarou o professor Sérgio Pereira da Silva, e outros expositores ressaltaram o preconceito e o desrespeito com que é tratado o idoso, a quem se opõem todas as dificuldades de acessos, literais e simbólicos: acesso aos ônibus, às rampas, ao lazer, à justiça e à cidadania.

Parece que se foi o tempo em que o ancião significava experiência, que o sábio da tribo era um velho, que o idoso era ouvido pelos jovens e que a literatura fazia o elogio da velhice, como fez o sessentão Cícero, 44 anos antes de Cristo, em *De senectute*. Hoje, o novo *De senectute*, de Norberto Bobbio, é um belíssimo livro, mas triste e pessimista. "Quem louva a velhice não a viu de perto", ele escreveu.

Não estou entre os que fazem elogio irrestrito de uma fase da vida em que até o prefixo é traiçoeiro — sexagenário não tem nada a ver com sexo, se é que se precisa avisar. Mas também não acho que é o pior dos tempos, principalmente quando se lembra que a adolescência, tão idealizada a distância, é uma das fases mais atormentadas da existência. Nem sempre é a idade que faz a vida feliz ou infeliz, mas a cabeça, assim como o que faz mal à saúde é a doença, não a idade.

A terceira idade não é evidentemente a número 1, mas merece um lugar de destaque nessa moda cabalística do *tertius* — Terceiro Mundo, terceira via, terceiro sexo —, principalmente agora, às vésperas do terceiro milênio e do século que será — isso aprendi também no seminário do Sumaré — do Espírito Santo, que não por acaso é a terceira pessoa da Santíssima Trindade.

Além do mais, a velhice é um lugar onde em geral se chega — e, na melhor das hipóteses, todos chegam lá — munido de uma preciosa virtude anciã: a indulgência. Graças a ela pode-se descobrir que, a exemplo do que ocorre olhando o pôr-do-sol, existe no ocaso uma serena e crepuscular beleza. Isso, evidentemente, se os óculos não estiverem embaçados.

Das dores e do alívio de um parto

Depois de uma complicada gravidez de dois anos, estou dando à luz um livro — dessa vez um rebento chamado *Mal secreto*, sobre a inveja. Pode não ser muito apropriado comparar a gestação de um livro ao trabalho de parto, principalmente quando o autor é homem e, portanto, tem apenas uma pálida idéia do que seria a dor de parir um filho.

Mas a comparação é tão usada que os dois processos devem ter mesmo alguma coisa a ver. Um dia, com certeza, uma escritora usou por experiência própria a metáfora e ela acabou virando lugar-comum também para o homem.

Parto, como as mulheres sabem, mobiliza muito — antes, durante e depois. Há a ansiedade da espera, o enjôo, o mal-estar, a dor da hora, o alívio, a alegria, e depois que passa tudo ainda há a depressão pós-parto. Com o livro parece que é assim também. A gente vive todas essas fases, com a vantagem de ter a ajuda de amigos, conhecidos e até desconhecidos. Não se pare um livro sozinho.

Digamos que neste momento eu estou na fase do alívio, esperando não ser atingido pela depressão. O meu livro está sendo levado hoje para as livrarias. É um trabalho sobre a inveja que faz parte de um projeto mais amplo, que inclui os outros seis pecados capitais tratados por mais seis escritores, entre os quais o nosso Verissimo, que fala da gula.

Mais do que um comercial, como à primeira vista pode parecer, a coluna de hoje é uma satisfação. Estou com a vaga sensação de ter traído vocês ao omitir ou esconder ou não revelar o que se passou comigo nestes últimos dois anos: o que aprontei e o que me aprontaram.

Afinal, todas as semanas a gente conversa aqui com alguma intimidade, às vezes até meio confessionalmente, dada a cumplicidade existente entre os que escrevem e os que lêem. Portanto, quero pedir licença para falar um pouco, o que o espaço me permite, desse livro que me ocupou tanto tempo.

Por que escolhi a inveja? Me perguntaram muito esta semana. Uma das respostas é que ela talvez seja o mais universal e sorrateiro dos pecados — e o mais brasileiro. Numa pesquisa feita especialmente para o livro, o Ibope ouviu duas mil pessoas em todo o Brasil e chegou à conclusão de que, dos sete, ela é o pecado mais conhecido. O mais conhecido e o menos cometido. Quem sente inveja em geral é o outro, não eu, já que ela é inconfessável, não gosta de dizer o nome.

"Que pecado, afinal, será esse, que ninguém admite ter, mas todos juram conhecer?", está escrito na contracapa do livro. "Insidiosa, dissimulada e insaciável, a inveja é o mais antigo e o mais atual dos pecados." Ao investigá-la, diz ainda o texto, o autor "esbarra em histórias fascinantes — de amor, medo e morte".

De fato, para tentar surpreendê-la, o autor freqüentou alguns espaços sociais onde se presume que ela se confesse, como terreiros de umbanda e candomblé, sem falar nos divãs dos analistas. O resultado não é um trabalho teórico, conceitual, nem ensaístico, mas uma reportagem, tanto que o livro começa dizendo que não é sobre a inveja, mas sobre alguém escrevendo sobre a inveja.

Isso significa que a pesquisa e a apuração, ou seja, todo o processo de feitura, foram incorporadas ao relato, resultando numa série de surpresas, acasos, peripécias e pesadelos em que ficção e realidade se misturam de tal maneira que, até eu, às vezes, não sei mais o que é uma coisa ou outra.

Todo parto, costuma-se dizer, é sofrido. Mas quem ler, se alguém se dispuser a tanto, vai ver que esse, pelo menos para mim, foi um pouco mais turbulento — por causa não só de um, mas de dois males secretos: o do título e um outro nada invejável que me atacou enquanto eu atacava a inveja.

Papo de varões
acima de uma certa idade

— Cálculo renal, não. Meu problema é colesterol: está a 295!
— O meu tá mais baixo, mas em compensação o triglicerídeo subiu para 353.
— E a glicose? Sabe quanto está a minha? A quase 200.
— Humm! Glicose é fogo, não dá pra brincar.
— Você fala como se com as outras mazelas a gente pudesse brincar. O problema é a idade, cara, é fogo. O Aparecido tem razão. Ele diz que todas as doenças da velhice se chamam velhice.
— O Rodolfo também tem uma ótima: "Se você tem mais de 50 anos e acorda não sentindo nada, é porque tá morto."
— Sabe quais são as três piores coisas da velhice? A primeira é esclerose e as outras duas, bem as outras duas eu me esqueci. Outro dia fui repetir essa piada e dei um vexame. "Sabe quais são as três piores coisas da velhice? A primeira é, é...", e não houve meio de me lembrar da palavra esclerose.
— Agora sem piada: sabe que me apareceu uma hérnia?
— Escrotal?
— Não, também não, pô, inguinal.

— Ah, uma operação boba.
— É, mas a convalescência demora 40 dias.
— O problema é a próstata. Aí é que mora o perigo. Como é que tá a sua?
— Vou examinar na semana que vem. Fico adiando porque morro de medo do toque. Ai! Só de pensar, já dói.
— Bobagem, se acostuma. Tem gente que gosta.
— Falando sério: é verdade que o seu triglicerídeo subiu com a dieta?
— Verdade.
— Então muda de laboratório.
— (risos) Essa é boa.
— Não é brincadeira não. Tenho um amigo que tava com 600 e tanto de triglicerídeo, sei lá, uma taxa altíssima. Mas continuou comendo de tudo até que a mulher, assustada, levou-o para um novo exame de sangue em outro laboratório. Sabe qual foi o resultado? A taxa caiu pela metade. O exame anterior estava errado.
— Quem é seu médico?
— Tou bem servido, tenho um time de craques: Balli, Higa, Félix. O chato é a dieta.
— Como é que tá o seu ácido úrico? O meu tá baixo, sem problemas.
— O meu tá a 9.9! Quer dizer: gota à vista. Você já teve gota?
— Não, isso não.
— Você não pode imaginar: aqueles cristais duros e finos como agulhas se incrustando nas articulações. É quando se aprende o verdadeiro sentido da palavra lancinante. É uma dor que dói até soprando. Dizem que é a segunda pior no *ranking* das dores. Só perde para o parto.
— Eu gostaria de ver essa medição. Como é que se sabe que uma é pior que a outra?
— Sei lá, pergunta pro Ezio. Ele diz que é a pior, mas não pára de tomar vinho. Nas crises, enche a cara de Colchicina.
— É uma bebida asiática?
— Não, um remédio. Segundo o Moaça, que também faz parte do clube dos gotosos, é o único que funciona nas crises.
— Ai, que horror, chega de falar de doença. Você conhece a história daqueles dois personagens famosos (infelizmente não posso dar o nome)?

Eles viajavam na Ponte Aérea, conversando e rindo muito. Na poltrona de trás, uma gatinha extasiada tentava inutilmente recolher pedaços daquela conversa que ela imaginava inteligentíssima. Eles pareciam especialmente espirituosos aquele dia.

Na chegada, a moça tomou coragem e se aproximou de um deles: "Você me desculpe, mas fiquei morrendo de inveja a viagem toda. Dava tudo para estar ouvindo a conversa de vocês. Fico imaginando o que perdi."

Ele riu de uma maneira que ela não entendeu; não podia confessar que o papo "inteligente" era mais ou menos esse:

— Pensar naquilo nem pensar, né?
— Ha, ha, ha.
— E levanta?
— O quê? Que pergunta mais inconveniente!
— Tou perguntando se você levanta durante a noite pra urinar.
— Ah, sim, duas vezes no máximo.
— Então a próstata tá boa?
— A próstata tá, mas, em compensação, a coluna! A coluna, o colesterol, o...

E falaram de doença o vôo inteiro.

— Você reparou que antigamente a gente se telefonava pra falar de mulher?
— É, depois passamos a falar de comida.
— E agora a gente só fala de doença. E com um certo prazer — doentio, claro.
— Mas, fora a doença, você está bem, não?
— Igualzinho ao Brasil: colesterol, triglicerídeos, glicose, tudo sob controle. Como a inflação. O perigo agora é morrer de dieta.

2 | Tempos e contratempos pós-modernos

"Mudernos", mas crentes que somos modernos — tecnologia de Primeiro Mundo e serviço de Quarto. E todo mundo ouviu o álibi da bela executiva ao celular. A "destruição criadora" que aqui funciona pela metade.

A destruição criadora

Deve ter sido num dia como os desta semana, de bruma e frio invernal em pleno outono, que o antropólogo Lévy-Strauss confessou com franqueza seu constrangido desagrado pelo Rio, "constantemente submerso no nevoeiro sujo dos trópicos". Até o Pão de Açúcar e o Corcovado, nossos cartões-postais, sugeriram ao autor de *Tristes trópicos* "cacos perdidos nos quatro cantos de uma boca desdentada".

Com frio se lê mais, se vende mais jornal, se come melhor, se bebe vinho tinto e se é mais crítico e reflexivo. Talvez até mais lúcido e pessimista. É o que todo mundo diz. Será que se o Rio tivesse quatro estações e um inverno que nos visitasse não por alguns dias, mas por meses, as coisas estariam melhores? Existe civilização do lado de baixo do Equador? Será possível pensar sob o sol abrasador dos trópicos? Ou será que aqui, lembrando ainda o velho Lévy-Strauss, as cidades "vão do viço à decrepitude sem parar na idade avançada"? Será que se vai passar da barbárie à decadência sem conhecer a civilização?

Há dias em que, lendo o jornal, se tem a impressão de que tudo isso é verdade e que não só o Rio, mas o próprio Brasil não deu certo mesmo e, o que é pior, não dará. Já não se fala nem dos problemas estruturais, crônicos e insolúveis, como a miséria iníqua, a indecente concentração de rendas ou a escandalosa injustiça social. Basta lembrar a "conjuntura", o varejo. O que se pode esperar de um país onde o assalariado paga 10% do total de imposto de renda e as instituições financeiras, os bancos, nem 3%, e onde R$ 20 bilhões da grana que entra como investimento estrangeiro são de brasileiros que usam o expediente para não pagar nenhum tributo? Tudo nos conformes, nas brechas da lei.

O que dizer de um país que num dia convoca a população, mobiliza-a, conscientiza-a para a adoção de um novo código de trânsito, e meses depois age como se nada fosse para valer? Em lugar de multas, propõe a anistia. Uma campanha que tinha tudo para ser uma ação exemplar vira logo uma esculhambação, com licença da palavra que designa nossa ação preferida.

O código de trânsito provou que a questão não é a falta de leis. Essas o país tem até demais. O problema é que não são cumpridas e não necessariamente por causa do povo, mas dos que a fazem: há sempre um político desonesto, uma câmara demagógica, uma assembléia vale-tudo ou uma justiça leniente para dificultar o cumprimento delas.

Por falar em legislação, como acreditar num Congresso que mobiliza todas as suas reservas de zelo corporativo e protecionista para acobertar pares, mesmo quando se trata de um senador metido até o pescoço em conexões mais do que suspeitas com um juiz corrupto, obras irregulares e superfaturamento? Ou quando é um deputado com folha corrida de fazer inveja a um marginal de Bangu-1?

Depois, os parlamentares e as autoridades reclamam, se consideram injustiçados e classificam de alienados os jovens, quando numa pesquisa eles manifestam uma assustadora descrença nas instituições, revelando abominar os políticos, detestar o Congresso e desprezar o Judiciário.

Não gosto do pessimismo, até porque ser pessimista hoje não só é fácil como está na moda, é pós-moderno, é um estilo *cool, blasé*. Há um certo charme discreto no ceticismo *fin-de-siècle*, paira no ar um vago e melancólico penumbrismo, como aliás no fim do século passado.

Independente disso, no entanto, a coisa tá mesmo preta. Os neoliberais argumentam que todas essas turbulências que estão ocorrendo aqui e em todo o mundo sairão na urina da História. Elas parecem anunciar o fim do mundo, mas na verdade fariam parte de um processo de reforma e regeneração planetária chamado "destruição criadora". Li em algum lugar que a expressão foi inventada pelo economista Joseph Schumpeter para designar os estragos que uma tecnologia causa quando expulsa abruptamente do modo de produção a tecnologia anterior.

As mudanças econômicas e sociais, a revolução tecnológica, as vertiginosas transformações industriais, o enxugamento, as megafusões empresariais, a explosão da Internet, a profusão da multimídia, nada disso poderia ocorrer sem efeitos indesejados, tais como desequilíbrios sociais, tensão política, violência e desagregação. Um pouco o que ocorreu anteriormente nas revoluções agrícola e industrial. Só que agora os efeitos estariam sendo ampliados pelas tecnologias da comunicação.

Um discípulo de Schumpeter, desses geniozinhos do Vale do Silício, disse que "nossa identidade, nossa língua e nossos conceitos de tempo, espaço e comunidade estão todos se transformando de forma paradigmática". E que não se faz isso sem destruir, antes de criar. Um pouco assim como está acontecendo na Iugoslávia. Como disse um nosso companheiro da página 7, o ilustre colaborador de nome William Jefferson, de apelido Bill, "a luta nos Bálcãs é por uma paz duradoura". Ele não disse, mas deve ser a paz eterna, dos cemitérios.

O problema do Brasil, na sua inserção na ordem mundial, é que mais uma vez vai ter que esperar. A nossa história só conhece a fase da destruição: do homem, da fauna, da flora, das riquezas, do emprego, das conquistas sociais. Nunca é chegada a hora criadora.

Uma escola que banaliza o bem

O jeitinho brasileiro, o pistolão, o privilégio, a bandalha, tudo isso nasceu há 500 anos, eu aprendi com os alunos da Escola Dínamis, em Botafogo, que realizaram uma pesquisa sobre "a cultura da bandalha", inspirados em recente campanha de *O Globo*.

O trabalho envolveu 500 alunos de 7 a 14 anos, da 1ª à 8ª série do ensino fundamental. Interdisciplinar, recorreu a matérias como Português, Geografia, História e Química, incluindo leitura de textos históricos e literários, além de uma pesquisa de opinião sobre infrações de trânsito, estacionamento proibido, lixo, pichação de paredes e transgressões em geral.

O resultado é muito curioso. Por exemplo: ampliando o conceito de bandalha, eles constataram, com base em textos selecionados pelo professor de História Paulo Carvalho, que ela já está inscrita no primeiro documento sobre o Brasil. Analisando a parte final da carta de Caminha, eles observaram que o cronista despreza o que encontrou — "o melhor fruto (...) será salvar essa gente" — mas usa o pistolão do rei para pedir um privilégio: "Mande vir da ilha de São Tomé a Jorge de Osório, meu genro".

No seu relatório, um menino da 7ª série atribuiu a bandalha a uma herança portuguesa: "Chegando ao final do estudo, posso perceber que esse 'jeitinho brasileiro' é ruim e vem da época da colonização (...) O Brasil tem que acordar e tentar diminuir isso."

Na cadeira de Português, o professor Luiz Roberto deu como exemplo poemas do grande satírico do século XVII Gregório de Matos, que lá pelas tantas, falando da Bahia, resume: "De dous ff se compõe/esta cidade a meu ver/um furtar outro foder."

O professor Luiz Fernando distribuiu um texto que procura as raízes do fenômeno: "(...) O famoso jeitinho brasileiro brotou das ruínas do Primeiro Reinado e teve como primeiro e grande fruto o Segundo Reinado e tudo o que se seguiu, até os dias atuais, com as tentativas agora de mudar os aspectos formais do governo para evitar mudanças substanciais nos conteúdos políticos e econômicos."

Comentário de um aluno da 7ª série: "Para os governantes, é muito mais cômodo e fácil deixar a situação econômica e social do jeito que está do que transformá-la."

Samuel, o professor de Química, fez um levantamento sobre o lixo e toda as suas implicações: desde uma tabela do tempo de decomposição de produtos — uma garrafa plástica leva 100 anos — até receita para reciclar papel.

Com o resultado visual da pesquisa de campo — fotos, desenhos, gráficos coloridos — o professor Anselmo montou um mural onde se podem ver os flagrantes tirados pelos próprios alunos: carros sobre as calçadas, sinais desrespeitados, lixo espalhado pelas ruas, paredes pichadas.

À pergunta "Você tem hábito de fazer pichações?", 24% responderam sim e 76%, não. A idade dos entrevistados (64%) e entrevistadas (36%) variava: até 10 anos (2%), de 11 a 14 anos (34%), de 15 a 19 anos (53%) e acima de 20 anos (11%). 94% eram da Zona Sul, 4% da Zona Norte e 2%, da Zona Oeste.

E o que será que os pais acham das pichações? As respostas: 39% acham um absurdo; 14% consideram uma bandalha; 25% não sabem; 2% acham errado, mas respeitam; 9% não se interessam; 14%, "outros". "Por que você acha que as pessoas picham?" A maioria (34%) acha que é por "querer aparecer"; 16%, por "falta do que fazer"; 15%, porque "gostam"; 13%, para "desafiar as autoridades"; 7%, por "influência".

"O que você acha que pode ser feito para acabar com a pichação?" Para a maioria (33%), as autoridades deveriam obrigar os pichadores a limpar a sujeira; 25% propõem limitar a venda de *spray*; 19% recomendam a prisão; 15%, maior policiamento.

Vendo aquelas crianças sentadas no chão durante quase duas horas, discutindo de igual para igual com um velho que poderia ser bisavô delas, chega-se a algumas conclusões: A primeira é que no Brasil, por trás de uma boa ação, há sempre um professor (a não ser que ele acabe presidente). A segunda é que deve haver algo de errado quando a gangue da Real Grandeza é mais notícia do que a Escola Dínamis; e seus componentes mais famosos do que aquelas crianças conscientes de seus deveres e direitos civis.

Mas a sensação mais forte é a mesma que eu já tinha sentido em experiências semelhantes em outros colégios como Eliézer Steinberg, Tereziano, Abel, Gay Lussac, Escola Municipal Francisco Alves... e deve haver muitos mais: nem tudo está perdido. Como disse a professora Heloísa Padilha, uma das responsáveis pela iniciativa da Dínamis, o objetivo da escola numa hora em que só se fala em banalização do mal deve ser difundir as boas ações — "banalizar o bem".

Pergunte ao lixeiro

A economia virou um assunto tão predominante na vida da gente que não há como não falar dela, mesmo sem entender do assunto, ainda mais agora, que o Brasil renovou esse acordo com o FMI submetendo a ele praticamente a qualidade e a natureza de nossas vidas daqui para a frente: o quanto, o quê e o como vamos gastar, se é que vamos ter algum para gastar.

Aliás, uma das poucas vantagens da crise é a democratização forçada do exclusivo saber econômico, que até há pouco era propriedade de uns poucos iluminados. As pessoas hoje se sentem no direito de dar palpites sobre taxa de inflação e flutuação de câmbio como se estivessem discutindo as táticas de Wanderley Luxemburgo e a escalação de um time. Se os que entendem não se entendem e, o que é pior, vivem errando, por que não meter o nosso bedelho onde não se é chamado?

Perdi o escrúpulo de expor minha ignorância sobre o tema depois que li uma reportagem de André Lahóz na revista *Exame*, tentando descobrir "por que eles (os economistas) erram tanto?". A conclusão era de que qualquer um que jogasse uma moeda para cima tinha tantas chances de acertar quanto um brilhante ex-aluno de pós-graduação da PUC.

O melhor da matéria, porém, era a revelação do resultado de uma pesquisa publicada por *The Economist* em 1995. Dez anos antes, a revista britânica pedira a vários grupos de pessoas projeções para a economia da década seguinte. O primeiro lugar em acerto ficou empatado entre quatro presidentes de multinacionais e um grupo de lixeiros. Eles apresentaram a mesma capacidade de olhar para o futuro e descobrir o que ia acontecer. Já os economistas, estes não acertaram nenhuma previsão. Acertariam, com certeza, se tivessem que prever a década anterior. Em matéria de previsão do passado, como se sabe, eles são imbatíveis. É mais ou menos o que disse Paul Samuelson, Prêmio Nobel de Economia, também citado na matéria: "Os analistas do mercado previram nove das duas últimas recessões."

O consolo portanto é que não são só os brasileiros. A crise asiática, por exemplo, parece que pegou de surpresa todos eles em todos os países. Pode-se alegar que os jornalistas também são incapazes de acertar até o que vai acontecer no dia seguinte, a exemplo dos sociólogos. Quem desconfiou que o muro de Berlim cairia, que o império soviético se desmoronaria e que o regime comunista se desintegraria tão cedo? Ou, para ficar mais perto, quem previu seis meses antes o *impeachment* de Collor?

A diferença é que um erro de economista afeta diretamente o bolso da gente. Por tudo isso é que, antes de seguir o conselho de um deles e na impossibilidade de recorrer a um alto executivo, você deve procurar o seu lixeiro. Eu tenho feito isso: me levanto mais cedo e, em vez de ler uma entrevista do Pedro Malan ou do Pedro Parente, espero passar o carro da Comlurb e consulto o gari de serviço sobre mercado futuro e o que fazer com meu ativo.

Ouço o lixeiro e vou ler Antonio Carlos Magalhães, meu autor preferido, quem diria, em matéria de FMI. Realista, sem radicalismos baratos do tipo "Fora o FMI", mas também sem medo de ser chamado de entreguista, muito menos de nacionalista retrógrado, ele acaba vocalizando o sentimento daqueles que não sabem nada de economia, mas sabem que a melhor posição de negociar, seja a venda de uma casa ou de um país, não é propriamente de joelhos.

Foi ele quem, no momento em que a sensação era de "entrega logo tudo", deu aquele grito de basta: "Tudo, menos a soberania." Foi ACM também quem desafinou o coro dos contentes, em meio à onda de otimismo de empresários e banqueiros diante de um cenário que na verdade anuncia perigosas turbulências: inflação, queda do PIB, recessão, carestia, desemprego. Tudo bem que a gente tenha que cumprir as metas impostas pelo FMI, foi o que ele mais ou menos disse, mas que não se abra mão do direito de escolher a maneira de cumpri-las.

Numa semana dedicada à economia, não podia faltar o *show* de Gustavo Franco. Depois de ver pela TV e ler nos jornais o seu discurso, restou a vontade de perguntar por que os membros da mesa, todos atingidos pelas farpas do orador, aplaudiram com tanto entusiasmo o discurso? E mais: quem, além dele, está certo no país? Poucas vezes se viu um repasse tão indiscriminado de culpas e responsabilidades, distribuídas por quem até outro dia estava no governo. Direta ou indiretamente, sobrou para Malan, Fiesp, colegas da Unicamp, esquerda, direita e Fernando Henrique, no papel de quem cede a pressões, sem falar na má ausência que ele fez de Chico Lopes, pichando pelas costas.

Só ficou faltando explicar a acusação de que essa brincadeira toda de mudança de câmbio ou de demora para mudar teria custado ao país R$ 40 bilhões. Não é nada, não é nada, são quase 10 Vales.

A tribo que mais cresce entre nós

A nova tribo dos micreiros cresceu tanto que talvez já não seja mais apenas uma tribo, mas uma nação, embora a linguagem fechada e o fanatismo com que se dedicam ao seu objeto de culto sejam quase de uma seita. São adoradores que têm com o computador uma relação parecida à do homem primitivo com o totem e o fogo. Passam horas sentados, com o olhar fixo num espaço luminoso de algumas polegadas, trocando não só o dia pela noite, como o mundo real pela realidade virtual.

Sua linguagem lembra a dos funkeiros em quantidade de importações vocabulares adulteradas, porém é mais ágil e rica, talvez a mais rápida das tribos urbanas modernas. Dança quem não souber o que é BBS, Internet, *modem*, *interface*, configuração, acessar e assim por diante. Alguns termos são neologismos e, outros, recriações semânticas de velhos significados, como janela, sistema, ícone, maximizar. Quando ouvi outro dia que "fulano é interneteiro", achei que era uma grave acusação.

No começo da informatização das redações de jornais, não faz muito tempo, houve um divertido mal-entendido quando uma jovem repórter disse pela primeira vez: "Eu abortei!". Ela acabava de rejeitar não um filho, mas uma matéria. Hoje, ninguém mais associa essa palavra ao ato pecaminoso. Aborta-se tão impune e freqüentemente quanto se acessa. Nada mais tem forma e sim "formatação". Foi-se o tempo em que "fazer um programa" era uma aventura amorosa. O "vírus" que apavora os micreiros não é o HIV, mas uma intromissão indevida no "sistema", outra palavra cujo sentido atual não tem nada a ver com os significados anteriores. A geração de 68 lutou para derrubar o sistema; hoje o sistema cai a toda hora.

Alguns velhos homens de letras olham com preconceito essa tribo, como se ela fosse composta apenas de jovens e ainda por cima iletrados. É um engano, porque há entre eles respeitáveis senhores e brilhantes intelectuais. Os micreiros estão em muito boa companhia. Pelo menos três dos melhores representantes da palavra escrita que eu conheço mantêm com o computador uma relação quase erótica: Umberto Eco, Rubem Fonseca e Millôr Fernandes.

O autor de *O nome da rosa* chega ao ponto de, em nome da escrita, fazer uma defesa apaixonada do computador. Para ele, essa máquina surgiu para salvar o texto da extinção a que estava condenado pela TV. "Agora, na tela do computador há palavras, o que não havia no vídeo da televisão", ele disse. Segundo Eco, pela primeira vez na história da escrita o homem pode escrever na mesma velocidade em que pensa, sem se preocupar com os erros. A escritura automática, tão sonhada pelos surrealistas, seria possível hoje graças ao computador. "O computador restitui uma civilização não somente alfabética, mas seqüencial." Eco acha, por experiência própria, que "o computador é masturbatório". Sua fascinação é tal, ele explica, "que me acontece de escrever só pelo prazer de empregar a máquina".

Falar mal hoje do computador é tão inútil e reacionário quanto foi quebrar máquinas no começo da Primeira Revolução Industrial. Ele veio pra ficar, como se diz, e seu sucesso é avassalador. Basta ver o entusiasmo das adesões.

Está bem que não se deve ser "neoconservador", como diria o presidente. Devemos ser modernos, se possível pós-modernos. Mas também é ridículo ficar rendendo homenagem à arrogância e onipotência do computador como se ele fosse tornar obsoleta a inteligência humana, como um salvador da pátria, como se fosse resolver todos os nossos problemas, como se fosse o marco zero de uma nova civilização, como um exterminador do futuro: "Ele vai acabar com o livro, vai acabar com o jornal, vai acabar com isso e com aquilo." Se a tecnofobia é obsoleta, a tecnofilia pode ser mistificadora.

Ainda há pouco, Alvin Toffler, um especialista em choques e ondas que ficou famoso e rico com futurologia, fez no Rio uma série de declarações que lembravam um outro esperto futurologista, Marshall McLuhan. Tudo se resolve com a tecnologia: da economia à educação. "O Brasil necessita investir uma enorme quantia na educação", aconselhou. "Mas não em soluções convencionais e sim numa infra-estrutura de mídias eletrônicas." Alguém devia ter dito ao autor de *A terceira onda* que aqui é o paraíso da mídia eletrônica e não é por falta dela que o país não aprende a ler, ao contrário.

Talvez esteja na hora de baixar um pouco a bola do computador — até porque, com todo respeito a Millôr, Zé Rubem e Eco, ele é burro, burro como um robô, só sabe repetir, não sabe nada que você já não tenha sabido antes. Além de não ter imaginação, rejeita o desconhecido e a originalidade. Tudo bem, é incansável, tem uma memória prodigiosa, nenhum cérebro humano é capaz de armazenar tantas informações, faz cálculos como ninguém, é tudo isso, mas é também um idiota, no sentido clínico, não no sentido do insulto.

Como é que se pode confiar no discernimento de uma máquina que não é capaz de reconhecer a palavra árvore, ou qualquer outra, se lhe faltar uma simples letra. Experimente escrever "árvor" e dê para uma criança medianamente alfabetizada — ela identifica na hora. Faça agora o mesmo teste com o seu quatro oito meia. Ele jamais desconfiará que o que houve foi um pequeno erro de ortografia; é como se a palavra não existisse.

No fundo, o computador é o personagem daquela famosa piada do próprio Millôr: "Para bom entendedor meia palavra basta, não é becil?".

Ah, se Machado visse agora esses braços

Nessas horas a televisão é imbatível. Parece que foi inventada para os grandes espetáculos, para as celebrações planetárias. No começo, querendo desvalorizá-la, se dizia que ela só era capaz de dar o *close*; o cinema, sim, era o único a dar as visões panorâmicas. Com o tempo, as telas grandes desmentiram essa crença reacionária.

Num espetáculo como as Olimpíadas então, de acontecimentos simultâneos, a TV, com sua ubiqüidade e onipresença, podendo ver tudo e mostrar várias vezes por dia, faz com que a realidade virtual seja melhor do que a real. É melhor ver aqui do que lá.

Há do que reclamar, claro. O ufanismo de alguns narradores, anunciando no segundo dia que o Brasil "já" tinha ganho duas medalhas; o blablabá e a enrolação de certos comentaristas fugindo da explicação e deixando a gente sair como chegou, sem entender as regras de judô ou da ginástica artística, por exemplo. Deve haver ainda outras falhas que os críticos certamente percebem.

Mas para quem não é torcedor e sim um *voyeur* esportivo, conhecendo apenas o óbvio, como todo mundo — futebol, basquete, vôlei —, o que são essas deficiências em comparação com o sofrimento de quem está lá, se deslocando a pé, vendo apenas algumas provas e chegando atrasado a outras, e isso quando consegue entrar?

O Barão de Coubertain, que costuma ser lido de quatro em quatro anos, disse que "a primeira característica dos jogos olímpicos modernos é ser uma religião". Ele perpretou várias ingenuidades utópicas, inclusive a de que "o importante é competir", acreditando que o esporte teria o poder da redenção e seria uma espécie de humanismo do corpo, capaz de promover a paz. Mas até que essa sua comparação com os ritos sagrados faz sentido, principalmente quando ressaltados pela televisão.

O grande *close*, a lente *zoom* e, sobretudo, a câmera lenta fazem da Olimpíada uma cerimônia litúrgica de caráter quase sagrado. Algumas provas estafantes e penosas, de resistência à fadiga, chegam a evocar a simbologia de alguns rituais de sacrifício como o Calvário.

Mas com risco de ser mal-interpretado, o que me fascina mesmo não é a religiosidade lembrada pelo Barão, mas o erotismo sublimado desse espetáculo em que estão presentes muitas formas contraditórias de prazer físico. Sei que há mais do que isso, há o desejo de *performance*, a ambição do recorde, a necessidade de superação, dos outros e de si próprio, a vontade de ser o melhor, do dever cumprido, etc.

Se, porém, todas essas provas esportivas funcionam como um substituto laico à religião, ou como descarga dos instintos agressivos, elas também são satisfações substitutivas, agindo como eficiente desvio da libido e instrumento de despolitização já percebidos por Hitler, Stalin e os tiranos de todos os tempos. Alguém conhece forma melhor de canalizar as energias anárquicas e incontidas da juventude do que fazê-la mortificar-se pelo exercício e manter as relações sadomasoquistas que o esportista estabelece com seu corpo?

Sabe-se hoje o quanto essas teorias de "sublimação repressiva" dos anos 60 podem ser discutíveis. Basta lembrar — enquanto se assiste a um gol da Pretinha — aquela visão fálica que decretava, num tempo em que as meninas nem sonhavam em invadir os campos, que o jogador de futebol, ao fazer *penetrar* a bola no gol, estava se desembaraçando do complexo de Édipo...

Para o telespectador há muito de curtição erótica na contemplação do espetáculo — a coreografia sensual de certos gestos, a graça, o equilíbrio, a harmonia dos movimentos e sua precisão quase infalível. Mas, a não ser para quem só pensa naquilo, esse erotismo não é necessariamente sexual; ele perde seu poder libidinal e se torna um atributo do esporte. Nessa atmosfera talvez haja mais lugar para a eugenia do que para o fetichismo que, embora varie de tarado para tarado, não costuma gostar de perfeição — é capaz de se assanhar com a mão exagerada de uma jogadora de vôlei, mas ficar impassível diante do corpo da nadadora alemã saindo da piscina como uma estátua molhada.

Os jogos olímpicos pela TV vêm promovendo uma espécie de deserotização ao quebrar certos tabus visuais, como a exibição, às vezes em *close*, de posições e detalhes anatômicos que em outro contexto poderiam ser quase obscenos. Vai ver que a televisão, em vez de estimular o sexo, banalizou-o, reduzindo a extensão daquelas zonas que outrora chamávamos de erógenas. Para as novas gerações, elas já não são as mesmas.

De repente, em 2004, no Rio, as moças vão fazer todas as piruetas usando fio dental. Há um século, quando se realizou a primeira Olimpíada da era moderna, Machado de Assis se excitava vendo braços de mulher, seu fetiche literário. Que vendo? Apenas imaginando. Uma mulher decente não ousava mostrá-los. Ah, como são mutantes os cânones do erotismo!

Uma Capitu da era do celular

Há tempos, quando estava começando a febre dos celulares, escutei o seguinte diálogo na sala de espera do aeroporto de Congonhas em São Paulo. De um lado, do lado que eu via e ouvia, estava uma bela executiva de uns 35 anos, sob evidente suspeita de adultério. Do outro lado, era fácil pressupor o marido desconfiado. Jovem senhora:

— (...) então telefona pro hotel. Liga pro 10º andar, manda chamar a arrumadeira...

— ?!

— Pois é, já que você duvida de mim, faz isso: manda ela ir ao quarto 1.002 e olhar a cama. Pergunta a ela — ela vai te dizer como a cama está, se está toda desarrumada. Você vai ver que um dos lados está intacto: travesseiro, lençol, tudo.

A transcrição da conversa, que demorou mais tempo, talvez não dê idéia do que se tratava. Eu mesmo custei a entender. Tratava-se de uma mulher tentando provar de forma muito original que não dormira em pecado. Mas o que mais me estarreceu naquele incrível papo não foi nem o argumento usado, nem o poder de convencimento da bela dama, mas sua naturalidade, sua despreocupação com o fato de as cinco ou seis pessoas em volta estarem ouvindo uma discussão tão íntima e desconfortável; em nenhum momento ela teve o cuidado de baixar a voz.

O carinhoso "beijinho" de despedida deu aos ouvintes a certeza de que a jovem executiva havia convencido o marido — e a mim também. Só depois, lá em cima, me dei conta do quanto era frágil o seu álibi, o quanto nós dois, eu e ele, éramos crédulos, capazes de cair naquele ardil.

Afinal de contas, toda a defesa da adúltera — e eu já a estava considerando como tal — tinha se baseado na sua habilidade de nos convencer de que só se pode fazer amor desarrumando toda a cama.

Tive vontade de voltar ao assunto durante o vôo, enquanto a dama lia placidamente o seu livro sobre reengenharia, sentada na poltrona da frente. Deixei pra lá. O marido é que tentasse desvendar o enigma daquela Capitu da era do celular; que se desfizesse das dúvidas e suspeitas que certamente voltariam a assaltá-lo ao ser atormentado pelas lembranças da conversa. Ele que exigisse provas mais consistentes.

Mas não é sobre isso que eu ia falar, embora seja a parte mais excitante da história. O que eu queria dizer é que naquela manhã em São Paulo se completava para mim a tal revolução que a tecnologia está fazendo com o cotidiano da gente.

No plano visual, tudo parecia já ter ocorrido. O videoteipe já tinha acabado com o *acontecimento único*, ao possibilitar a repetição ao infinito de um gol ou de um acidente. O controle remoto já tinha mudado a nossa percepção, ao estimular a impaciência do telespectador, acabando com o discurso de começo, meio e fim, e fazendo com que daqui a pouco o raciocínio na televisão não tenha mais do que 30 segundos.

Naquela manhã eu assistia ao exemplo gritante de uma revolução que se chama de "silenciosa". Via, ou melhor, ouvia, com os ouvidos que a terra há de comer, o que essa praga, o celular, é capaz de fazer: além de acabar com o pudor e a privacidade, além de devassar intimidades, mais do que sinal exibicionista de *status*, o diabólico aparelhinho tinha inaugurado para mim um novo tipo de voyeurismo, o voyeurismo de ouvido. Durante o telefonema, tive vontade de mandar cessar os vôos, de pedir silêncio no *hall* para continuar ouvindo a excitante conversa. Entendi então por que o negócio dos sexy-fone dá dinheiro.

Tudo isso me veio à cabeça ao descobrir que Ziraldo acaba de inventar o que chama de *fax-papo*. Todos as madrugadas, depois que pára de trabalhar, "tudo silencioso, linhas funcionando bem", ele resolve conversar com os amigos por fax — com Jaime Lerner, Jô Soares, Pedro Malan, e a lista não tem fim.

Ele acha que é melhor do que a Internet, inclusive porque mantém o papel como velho e agradável suporte da leitura. Além do mais, "o *faxeador* não pode ser considerado um chato. É só você não ler o fax dele", argumenta — por fax, claro. Umberto Eco já disse que o que vai salvar a escrita é o computador. Ziraldo acrescenta que é o fax.

O mais engraçado é como ele faz tudo isso. O mais internacional dos nossos cartunistas é mesmo a cara do Brasil. Entrou na era da tecnologia de maneira tão dissonante e assimétrica quanto o país, que, como se sabe, às vezes é Primeiro Mundo e às vezes Quarto. Ziraldo se dedica à "comunicação do futuro" sem computador. Ele faz tudo isso — e mais os desenhos, livros, cartazes, etc.— usando uma velha Olivetti linea 98 — daquelas que dão calo nos dedos, fazem barulho e têm um *carrinho* que às quatro da madrugada deve pesar uma tonelada.

Sasha, teles, o público e o privado

Uma das diferenças entre os anos de chumbo e os de agora é que naquela época havia informação de menos e hoje há de mais — mas nos dois casos o efeito acaba sendo parecido: ruído na comunicação, ou seja, confusão.

Naquela época a ignorância era por falta; agora é muitas vezes por excesso. Depois da inapetência, a indigestão. Por isso, não quero mais que me informem, quero que me expliquem. A melhor publicação do país seria feita não com o que sai impresso, mas com o que fosse explicado.

De qualquer assunto — dos mais supérfluos, como o nascimento da filha de Xuxa, aos mais transcendentes, como o leilão das teles — ficam sempre alguns mistérios, as zonas inexploradas ou inexplicadas — às vezes até porque não dá mesmo para explicar.

De Sasha e de sua mãe, por exemplo, foi dito e mostrado praticamente tudo. Aconteceu com ela o contrário do que foi feito com as empresas estatais. Xuxa operou a desprivatização da filha: entregou-a a uma simbólica devoração pública dos fãs e curiosos.

No entanto, a família do pai foi impedida de assistir ao vivo a esse espetáculo de uma superexposição que tocou as raias do despudor e do exibicionismo. Por que as tias não puderam ver a sobrinha no hospital?

Me disseram que foi por represália, já que ela não gosta da sogra, nem do sogro e nem das cunhadas. Xuxa acha todos feios. Até aí tudo bem. Ela não é obrigada a gostar. Mas usar a filha recém-nascida como instrumento de vingança não é um pouco cruel?

Já vi rancor assim em pessoas mesquinhas, infelizes, mal-amadas. Mas numa diva de bem com a vida, a própria imagem da bondade, da alegria e da generosidade? Como é que a deusa dos baixinhos pode manifestar tanto ressentimento num momento classificado por ela mesma de o mais feliz de sua vida? Do que será capaz então uma Xuxa infeliz?

Se muita coisa não foi explicada num *show* em que os atores estavam interessados em se exibir, imagine no processo inverso, em que a regra é esconder o jogo. Achei que só eu, por ignorância, não tinha entendido tudo o que aconteceu no "maior leilão do século".

Não entendia, por exemplo, as razões pelas quais o BNDES, representando o Estado, ficou com 25% da empresa que incorporou a Telerj. Não era para desestatizar? Já sei, ela vai vender 15% a um grupo estrangeiro. Mas então por que comprou? E a procura apressada de um operador para o consórcio que for gerir nossos telefones?

Em matéria de negócio, sempre se soube, até pelo dono do botequim da esquina, que só quem é "do ramo" sobrevive. "Quem não tem competência não se estabelece", diz o axioma. Como é que um consórcio sem operador, isto é, sem alguém do ramo, pôde ganhar a licitação?

Mas o que não entendia mesmo era por que o governo não usou um pouco do dinheiro arrecadado para abater nossa dívida social, preferindo empregá-lo todo para diminuir a dívida pública, embora sabendo que isso não passava de uma gota d'água. O que são R$ 20 bilhões para abater uma dívida de R$ 300 bilhões? Qualquer um que já tenha tomado empréstimo em banco sabe que abater juros é como enxugar gelo.

Foi preciso aparecer dona Wilma, viúva de Sérgio Motta, para me ajudar. Ao receber o martelo do leilão, numa solenidade com a presença do próprio presidente, ela advertiu que "o resultado financeiro da privatização é apenas uma gota d'água no oceano da dívida".

Expressando o que pode ter sido a vontade do marido, o idealizador da privatização das teles, ela disse que aquela gota d'água, no entanto, quando transformada em investimento social, seria importante no "oceano de pessoas produtivas, dignas, resgatadas para esse nosso país".

Graças a essa solidária senhora ficamos sabendo que tudo o mais não passa de uma versão neoliberal da teoria do bolo, aquela que fez tanto sucesso durante o regime militar. Agora, em vez de esperar o bolo crescer para dividir, vai ser preciso esperar a dívida diminuir. Haja século.

No tempo em que se tratava o mestre com carinho

Diante de mim, cerca de 200 jovens naquela idade em que até as espinhas são bonitas. Os rostos ainda coram de pudor; os corpos acabaram de adquirir ou não adquiriram a forma definitiva; os seios são recém-nascidos; muitos dentes estão cobertos de aparelhos. Deve haver rapazes, certamente os há, mas as meninas predominam.

O que essa garotada pensa da vida? Aos poucos vou percebendo que eles parecem ter ido ali para desmentir o estereótipo que se tem dos jovens em geral. São capazes de passar duas horas discutindo o país, são bem-informados, críticos, participativos e — essa é a maior surpresa — lêem, curtem ler, lêem jornal e lêem literatura!

Sabe o que já leram? Só esse ano leram *Vidas secas*, *Morte e vida severina*, *D. Casmurro*, *Senhora*, *Iracema* e acabaram de ler *O cortiço*, de Aluísio de Azevedo. Lêem, discutem, entendem e curtem. São alunos do segundo grau do Instituto Abel, de Niterói. Fui lá para falar, mas preferiria ficar ouvindo, descobrir aquele mundo, entrar naquelas cabeças que cada vez mais nos chegam de segunda mão — através de pesquisas, de estatísticas, de generalizações do tipo: "O jovem brasileiro pensa assim ou assado, gosta disso ou daquilo, faz amor desse ou daquele jeito", como se só houvesse uma juventude, como se a melhor maneira de conhecê-la fosse transformando cabeça, carne e osso em números e percentuais.

Não sei se a gente tem resposta para todas as suas inquietações. Eu não tinha. "Você é a favor ou contra a liberalização da maconha?" "Qual é a sua utopia?" "O que você acha da pena de morte?" "As Forças Armadas podem resolver o problema da violência no Rio?" "Quais são as principais providências para se acabar com a miséria?" "Como você relaciona esse século de crueldades com a ideologia vigente: a da política de olhar para o próprio umbigo?" E assim por diante. Nenhuma abobrinha, mas nenhuma caretice também. A turma é esperta, alegre, gozadora.

Conheci Niterói quando se dizia que a única coisa boa na cidade era a vista do Rio. Pois fiquem sabendo que um bom programa hoje é ir a Niterói, quando nada para receber lições de urbanidade, para observar uma boa administração, para ver como a cidade está limpa, como melhorou nesses últimos tempos, como é diferente da Niterói de um passado recente.

A vista do Rio não é mais a "única coisa boa", mas continua linda. Na volta, ao atravessar a ponte no fim da manhã, naquela hora de esplendor em que o sol reina absoluto, em pé, não permitindo que se forme abaixo dele nem sombra, misturam-se as impressões do que ouvira há pouco com o que via agora. Continuo ouvindo a garotada, enquanto vou vendo o Rio se aproximar, nesse dia sem névoa, com uma luminosidade que chega a doer, aquele mar, aquela temperatura amena — não há como não ser invadido por uma onda de otimismo.

Vou fazendo o cálculo. No ano 2010, muitos dessas garotas e garotos devem estar em altos postos, mandando no país — eles ou gente como eles. Ou será a banda podre dessa juventude? Deus nos livre. Não, não é possível que haja isso só em Niterói. Em cada cidade brasileira deve haver um pedaço como esse. No ano 2010 o Brasil será melhor.

Tenta-se sensibilizar os governantes pelo contraste: expondo mazelas para obter providências. E se se fizesse o contrário do que a mídia gosta de fazer: mostrasse só o que dá certo? Os jornais passariam a mostrar apenas o lado bom das coisas. Só notícia edificante, só personagens bons.

Provavelmente a vida seria uma chatice, não sei. Mas a experiência seria engraçada.

Eu, por exemplo, se tivesse prestígio, levaria alguns ex-professores notórios, agora poderosos, como Paulo Renato, José Serra, D. Ruth, Fernando Henrique, para visitarem um lugar como esse. Só para dizer: "Olhem como vale a pena, é simples, não é caro." E então revelaria a chave do milagre, apresentando-lhes a representante de uma espécie que parece em vias de extinção no país, por penúria e abandono. Apresentaria um exemplo, uma colega, no caso a professora Carmen Lúcia, que conseguiu viciar essas crianças no prazer da leitura e no gozo do saber.

Fernando Henrique, Paulo Renato, eu, somos de um tempo em que "O meu tipo inesquecível" era uma seção de *Seleções*. Freqüentando as páginas da revista e orientando o começo de nossas vidas, havia sempre uma Carmen Lúcia. Não sei se seríamos os mesmos se cada um de nós não tivesse tido na infância ou adolescência uma professora inesquecível.

Bons tempos aqueles, risonhos e francos. Já que o país está sendo governado por professores, por que não voltar a tratar os mestres com carinho?

Modernos ou apenas mudernos?

Outro dia, a secretária de um médico marcou a consulta exatamente para as 15h45min. Estranhei a precisão e ela respondeu: "Aqui os horários são britânicos." Resolvi ser besta também: "Às 16 menos um quarto, é isso?". Ela não entendeu a brincadeira: "Se o senhor quiser ser atendido, esteja na hora."

Cheguei antes da hora e, claro, fui atendido com um atraso de quase trinta minutos. Reclamei e ela se justificou dizendo que os outros pacientes chegaram tarde. Ah, bom.

Nada mais ridículo do que brasileiro querendo ser moderno na forma ou na aparência, quando o conteúdo é velho. Quase todos os bancos têm caixa eletrônico, mas no domingo de manhã, quando fui fazer uma retirada, não havia dinheiro. No dia seguinte, a gerente explicou: "É porque no fim de semana as pessoas sacam muito." Ah, bom.

Fiquei sabendo que o serviço funciona melhor quando há pouca gente. Quando não há nenhuma então, deve ser perfeito. É como a Internet. Pode-se comunicar com qualquer parte do mundo — se a gente conseguisse linha.

O Detran resolveu também ser moderno e informatizar o serviço para marcar a revisão de carros. Uma coisa de Primeiro Mundo: você telefona, marca uma hora, vai lá e pronto. O resultado está na seção de cartas. Todo o dia há uma história de desespero.

As pessoas estão passando os dias no telefone e simplesmente não conseguem falar. "Deixo o computador ligado horas a fio", diz um leitor. "A resposta é uma só: linha ocupada." Outro, quando conseguiu ligar, recebeu a informação de que o sistema estava fora do ar. Perguntou se não havia outro jeito de marcar a revisão, estava na iminência de ser multado: o funcionário disse que não podia.

Os nossos serviços são de Primeiro Mundo e as desculpas, de Terceiro. Eu também passei por isso vários dias e, quando consegui ligar e reclamei, recebi uma explicação parecida com a da gerente: "O problema é que tem muita gente ligando pra cá." Ah, bom.

E a Telerj? Leio a carta do Mac Margolis, correspondente da *Newsweek*, reclamando que o seu novo telefone levará 180 dias para ser instalado, ou seja, meio ano. Imagino o editor americano ouvindo a história, perguntando se o Rio tinha sofrido um terremoto e o Mac repetindo o motivo que o funcionário lhe deu: "Problemas técnicos." Mas, também, quem manda ser correspondente no Terceiro Mundo!

Pior é a história do leitor que se mudou de Ipanema para oito quadras adiante, no Leblon. A telefônica disse que levaria seis meses. Puxando com a mão o cabo e a fiação, ele levaria menos tempo. Preferiu então comprar outro aparelho, perdeu a linha nova, ganhou uma antiga e no final teve a promessa de que o telefone seria ligado dentro de não sei quantos dias. Não foi. Estressado, passou a implorar por informação. Queria apenas saber quanto tempo ia demorar: "Uma semana? Um mês? Um ano?". E do outro lado, impassível, o funcionário dizia: "Ah, não há previsão."

Pior do que esse "Ah, não há previsão", só "Por motivo de força maior", "O problema não é meu" e "Se tudo correr bem". Um amigo resolveu desmontar essa última fórmula. Quando ouviu "Se tudo correr bem", ele interrompeu e perguntou: "E se não correr?". Houve um silêncio do outro lado: a funcionária não estava preparada para a pergunta.

Estamos cheios de metáforas desse tipo, provando que a tecnologia avançada no Brasil costuma servir para mostrar o nosso atraso. O

Tropicalismo foi uma paródia desse choque entre arcaísmo e modernidade. Sua graça era rimar Iracema e Ipanema.

O nosso presidente resume um pouco essa contradição ou esquizofrenia cultural: é capaz de usar o inglês, o francês, o espanhol, o italiano, como nenhum outro presidente, para anunciar ao mundo o quê? O tamanho do nosso atraso. Para dizer que temos um dos piores índices sociais do planeta, por exemplo.

Drummond, o poeta, dizia que estava cansado de ser moderno, queria ser eterno. Nós gostamos de mostrar que somos modernos e esconder que somos *mudernos*.

Em vez das células, as cédulas

Nesses tempos de clonagem, recomenda-se assistir ao documentário *Arquitetura da destruição*. A fantástica história de Dolly, a ovelha, parece saída do filme, que conta a aventura demente do nazismo, com aquelas fantasias genéticas de Hitler, seus experimentos de eugenia e purificação da raça.

Os cientistas são engraçados: bons para inventar e péssimos para prevenir. Primeiro, descobrem; depois se assustam com o risco da descoberta e aí então passam a gritar "Cuidado, perigo". Fizeram isso com quase todos os inventos, inclusive com a fissão nuclear, espantando-se quando "o átomo para a paz" tornou-se uma mortífera arma de guerra. E estão fazendo o mesmo agora.

"Os avanços genéticos podem produzir experiências monstruosas", diz um. "É preciso um rigoroso controle", diz outro. O físico Joseph Rotblat chegou a exigir essa semana a criação de um comitê de ética para "monitorizar os avanços científicos".

Ele sabe o que diz, porque foi um dos criadores da bomba atômica e, ironicamente, acabou ganhando o Prêmio Nobel da Paz por causa da campanha que fez contra seu próprio invento. Rotblat acredita que "os avanços da engenharia genética podem ser uma ameaça à humanidade tanto quanto foi a bomba atômica".

Desde muito tempo se discute o quanto a ciência, ao procurar o bem, pode provocar involuntariamente o mal. O que *Arquitetura da destruição* mostra é como a arte e a estética são capazes de fazer o mesmo, isto é, como a beleza pode servir à morte, à crueldade e à destruição.

Isso é o que mais perturba nesse indispensável filme. Como é que um movimento obscurantista, genocida, uma espécie de pesadelo da história, podia ter, além da pulsão de morte, a pretensão de produzir beleza, de ter um projeto estético e "a missão de embelezar o mundo"?

A verdade é que tinha. Hitler julgava-se "o maior ator da Europa" e acreditava ser alguma coisa como um "tirano-artista" nietzschiano ou um "ditador de gênio" wagneriano. Para ele, "a vida era arte" e o mundo, uma grandiosa ópera da qual era diretor e protagonista.

O documentário mostra como os rituais coletivos, os grandes espetáculos de massa, as tochas acesas, as cenografias grandiosas, os gestos teatrais, o apelo à excitação e aos sentidos, tudo isso constituía um culto estético — ainda que redundante, *kitsch*, vulgar, cheio de engodos e contravenções artísticas.

E o pior. Todo esse aparato era posto a serviço da perversa utopia de Hitler: a manipulação genética, a possibilidade de purificação racial e de eliminação das imperfeições, principalmente as físicas. Não importava que os mais ilustres exemplares nazistas, eles próprios, desmoralizassem o que pregavam em termos de eugenia.

Goebbles era o "superanão do pé torto"; Himmler, a caricatura dele mesmo; Goering, o bufão. E Hitler, tipo pouco ariano, com seus cabelos escuros e gestos histéricos, era dominado pelos distúrbios psicológicos e fisiológicos: tremores irrefreáveis, flatulência, gases incontroláveis, coprofilia e outras baixarias sexuais.

O que importava é que as pessoas queriam acreditar na insensatez de qualquer jeito, como até hoje há quem continue acreditando. No Brasil, felizmente, Dolly provoca mais piada do que ameaça.

Já se atribui isso ao fato de que a nossa arquitetura da destruição é a corrupção. Somos craques mesmo é em clonagem financeira. O que seriam nossos laranjas e fantasmas senão clones e replicantes virtuais? Aqui, em vez de células, estamos interessados é em manipular cédulas.

3 | Como se choca o ovo da serpente

Somos o país do futuro ou à beira do abismo? Gigante adormecido ou surrealista? O país é bom e o povo é que não presta ou é ao contrário? A ambigüidade será a nossa marca registrada? Qual é o legítimo FH, o de agora ou o da safra de 75?

Um país do isso e do aquilo

O país é bom e o povo é que não presta, ou é o contrário? Ou os dois?
    Desde o começo a tendência foi sempre exaltar a natureza e denegrir o homem. A terra era fértil e generosa, se encantava Pero Vaz de Caminha (que na verdade tinha mais olhos para "as vergonhas" das índias). Mas o gentio era que nem "alimária", "bestial", xingavam os jesuítas.
    O próprio Criador seria o responsável por essa preferência mais ecológica que antropológica, pelo menos segundo aquela piada masoquista. Nela, como compensação pelas belezas naturais com que nos contemplou, Deus teria dito aos que protestavam contra o privilégio: "Vocês vão ver o povo que vou botar lá."
    Foi sempre mais fácil perguntar "Que país é esse?". Mas o seminário "A aventura de ser brasileiro" de que participei em Ribeirão Preto queria saber que povo é esse, que ora parece corrupto, ora honesto, às vezes preguiçoso, às vezes trabalhador, íntegro ou vagabundo, digno ou sem vergonha, ingênuo ou esperto, malandro ou otário.
    O brasileiro parece que se diverte driblando as explicações e desafiando as definições. Somos o país do futuro ou à beira do abismo? Gigante adormecido ou país surrealista?

É verdade que Escadinha resolveu também pedir um júri de elite, escolhendo para compô-lo Ronivon Santiago, Pedrinho Abrão e Marquinho Chedid? Por falar nisso, qual desses cidadãos exemplares é o mais brasileiro? Você compraria um país feito só de gente assim, ou pediria um abatimento?

Dependendo da cotação de nossa auto-estima, nos achamos os maiores do mundo, quando ela está em alta, ou os piores, nos momentos de depressão.

Se alguém resolvesse procurar o representante da brava gente brasileira nos jornais das últimas semanas, quem escolheria: Geisel ou Tiririca? Nagi Nahas ou Paim? Romário ou Edmundo? ACM ou Temer? Pelé ou Jamelão?

A grande transformação antropológica que o brasileiro sofreu dos anos 50 para os 90 pode ser observada nos morros cariocas: malandro virou traficante e trabalhador é chamado de otário. Somos mestres na boa e na má esperteza. Ela é nosso colesterol cívico. Nosso metabolismo social é igual ao nosso organismo: vive procurando compensações. O país vai bem, mas o povo vai mal, já dizia o velho ditador.

E se o brasileiro na verdade for não um homem mas uma mulher, quem seria a brasileira: Carmem Mayrink Veiga, o passado, ou Vera Loiola, o presente? Dona Neuma ou dona Ruth? Xuxa ou Bené? Carolina Ferraz ou Débora do MST?

Talvez por ser tão difícil responder a essas perguntas é que se inventou o mulato, nosso jeitinho contra o maniqueísmo e a polarização, síntese literal e metafórica do homem brasileiro — ao mesmo tempo miscigenação racial e mistura cultural.

O padre jesuíta Antonil já escrevia no século XVIII, muito antes de Lamartine decretar que a mulata é a tal: "O Brasil é um inferno para os negros, um purgatório para os brancos e um paraíso para os mulatos." Justamente por isso é que não daria certo, previu um século depois o conde de Gobineau, cônsul da França aqui. Pelo que via, podia garantir que, "como povo", o Brasil não duraria 200 anos.

Para o antropólogo Roberto Da Matta, porém, o mulato é a ilustração da tese de que o Brasil, ao contrário dos Estados Unidos e da África do Sul, gosta do intermediário, do ambíguo, do meio-termo.

"O Brasil não é um país dual", diz Da Matta, "não opera com a lógica do dentro *ou* fora; do certo *ou* errado; do homem *ou* mulher; do casado *ou* separado; de Deus *ou* Diabo; de preto *ou* branco." Não gosta em suma de ser isso *ou* aquilo, mas isso *e* aquilo.

A tese é boa porque explicaria até o sucesso político do PSDB, sempre em cima do muro, ou melhor, do poder, com um presidente que aliás se diz mulato e que, como tudo aqui, conforme a tal teoria, é mulato *e* branco, de esquerda *e* de direita, neoliberal *e* socialdemocrata. Em suma, isso *e* aquilo.

O pior do Brasil para os EUA

A revelação do jornalista americano Michael Lind de que os Estados Unidos estão ameaçados de em breve se transformarem num Brasil não deixa de ser irônica, já que durante muito tempo os nacionalistas brasileiros temeram justamente o contrário: a invasão do *american way of life*.

Dizia-se que uma das características do nosso subdesenvolvimento intelectual era mimetizar o dominador. Além de dominados economicamente pelo imperialismo americano, os brasileiros introjetavam também seus valores culturais: da mentalidade ao modo de vestir, da matéria plástica à Coca-Cola, dos filmes ao chiclete.

O inverso parecia impossível. Até Carmen Miranda, que subverteu a tendência levando para lá o nosso jeito de ser, foi patrulhada. Depois de abrasileirar o mercado musical americano, ela, o nosso mais popular produto cultural de exportação, foi rejeitada e acusada de voltar "americanizada".

Com Tom Jobim houve coisa parecida. Apesar da influência que exerceu sobre o *jazz*, disseram também que ele tinha se americanizado, até no apelido, imagine. Tom morreu com o ressentimento de ter sido um dia considerado um *traidor* de suas raízes. Com Pelé só não aconteceu o mesmo porque o país já estava mais maduro quando nosso rei foi ensinar futebol aos americanos. Ninguém o acusou de americanizado ou traidor por ter se mudado para lá com a família.

O que está acontecendo agora é diferente. Não se trata mais da invasão de um ou outro brasileiro, mas do próprio país, do seu modelo de desenvolvimento social, o que seria, para os americanos, um desastre. Em entrevista a Daniela Falcão, da *Folha*, Lind disse: "Estamos passando por um preocupante processo de brasilização." Ele é autor de *A próxima nação americana*, que está sendo lançado nos Estados Unidos.

Pelas informações, o polêmico livro anuncia que estaria para ocorrer na América o contrário do que sempre se esperou: em lugar de *balcanização* — a fragmentação do país em função de conflitos raciais provocados por um multiculturalismo mal resolvido — haveria o que o autor chama de *brasilização*. "O principal perigo dos Estados Unidos no século XXI", escreveu Lind, "não é a balcanização, mas o que podemos chamar de brasilização, ou seja, não a separação de culturas pela raça, mas a separação de raças pela classe." Em outras palavras, o *apartheid* racial deles seria substituído pelo nosso *apartheid* social. A absurda injustiça social que existe aqui seria assim o nosso mais novo produto de exportação para a América. Com ela seria construído um novo país para o terceiro milênio na forma de pirâmides medievais: uma pequena ponta feita com a riqueza americana e uma gigantesca base com a miséria brasileira.

É estranho que com tanta coisa boa aqui, os americanos estejam ameaçando importar o que temos de pior. Não vou dizer que nossa pauta de exportação cultural seja assim rica e variada a ponto de nos colocar numa posição de orgulho no comércio exterior. Não é. Ela já teve de tudo — desde aqueles 50 tabajaras e tupinambás que mandamos em 1550 para a famosa festa de Rouen em homenagem a Henrique II e Catarina de Médicis, até os travestis que nos anos 80 começamos a exportar em massa para a Europa.

Yes, nós temos bananas e travestis pra dar e vender, além de crianças de rua, massacre, prostituição infantil, assim como os americanos têm violência urbana, terrorismo, *serial killers*, assassinatos de presidente, fanatismo. Portanto, alguém do Itamaraty precisa dizer ao autor de *A próxima nação americana* que também temos muitas coisas boas para exportar, inclusive no terreno do multiculturalismo, esse fenômeno tão debatido nos Estados Unidos hoje. Algumas experiências chegam a impressionar pela originalidade os gringos que nos visitam. Um deles — ninguém menos que Einstein — se encantou: "Deliciosa é a mistura étnica nas ruas — portugueses, índios, negros com todos os cruzamentos"— disse ele nos anos 20 quando aqui esteve. Outro, mais recentemente, o sociólogo italiano Massimo Canevacci, chegou a sugerir a exportação da experiência: "O preconceito étnico certamente não foi resolvido no Brasil, mas o modo de vivenciá-lo é, há muito tempo, o mais avançado do mundo, é um modelo para a Europa."

São engraçados esses americanos. Adoram o capitalismo, mandam todo mundo usar, mas quando ele apresenta defeito responsabilizam o Brasil, chamando o erro e o fracasso de *brasilização*. Eles falam como se nós tivéssemos inventado o sistema.

Os nossos absurdos, que absurdo!

Fazia um sol de 34 graus em pleno inverno, o que por si só já era um absurdo, ainda que delicioso, quando o leitor absurdamente suado me parou no calçadão de Ipanema e perguntou: "Você não acha um absurdo vender a Vale por R$ 3 bilhões e dar R$ 3 bilhões para o Banerj?". Concordei. Era como fazer frio no outono e calor no inverno, com a diferença de que este absurdo da natureza não custava nada a ninguém, a não ser o nosso suor.

"Absurdo" talvez tenha sido a palavra que mais ouvi durante a semana: "Você não acha um absurdo esse golpe favorecendo o Fluminense, seu clube?". Eu achava. "Você não acha um absurdo absolver o PM da Candelária?" Quem não achava? "E o Rainha, condenado a 26 anos, você não acha um absurdo?". Eu tinha lido a irretocável reportagem investigativa de Fernanda da Escóssia, na *Folha de S. Paulo*, mostrando os bastidores do julgamento e a composição no mínimo suspeita do júri e, claro, também achava. E Collor, hein, que absurdo? E a desordem da ordem em Minas? E... os casos sem sentido não tinham fim.

Eram tantos os absurdos que resolvi me fazer perguntas também: por que o Brasil, país surrealista, absurdo e kafkiano, como se costuma dizer, não produziu uma escola literária como o realismo mágico e nem um movimento artístico como o surrealismo, muito menos um teatro do absurdo. Por que nunca tivemos um Kafka, um Becket ou o Albert Camus de *O estrangeiro*, *A peste*, *O mito de Sísifo*? Por si só já não é também um absurdo buscar lá fora exemplos e palavras para ilustrar o nosso *nonsense*, como acabo de fazer?

Será que no Brasil o absurdo prefere a realidade e não a ficção? Será que é um país tão surrealista que não há surrealismo que o descreva? Afinal, o próprio surrealismo europeu fora derrotado pelo *realismo* medonho da guerra, com seus horrores, seus genocídios e atrocidades insuportavelmente absurdos.

Liguei para o nosso Grão-mestre Antonio Candido fazendo essas perguntas. Em primeiro lugar, ele disse que não era bem assim. De certa maneira, ele informou, fomos até pioneiros da literatura do absurdo com o Jorge de Lima, de *Anjo*, nos anos 30, e o Murilo Rubião de *O ex-mágico*, nos anos 40. O problema é que foram "descobertos" depois que o gênero virou moda no exterior, o que aliás é um hábito absurdo nosso.

Quanto às outras hipóteses, ele acha que estamos todos "desnorteados" e por isso as considera "estimulantes, mesmo que um dia não venham a se mostrar verdadeiras". O que quis dizer é que o absurdo está em toda parte desse "mundo desconjuntado", em que ruíram certezas e referências que vigiam desde o Renascimento. "Se o país mais civilizado da Europa foi capaz de fazer o genocídio, só podemos dizer que o homem é um animal selvagem." Aliás, quando ouviu de um amigo comum o homem ser assim classificado, Hannah Arentd concordou: *Your friend is right.*

Antonio Candido não é como os cronistas, que falam sem entender. Ele só avança teses sobre um assunto depois de estudá-lo a fundo. No máximo se refere ao absurdo que viveu, pois passou a mocidade lutando por liberdade e contra Getúlio, para chegar à maturidade tendo que admitir que foi na ditadura Vargas que o Brasil começou a progredir.

Sem apoio desse que é o guru dos gurus, ninguém é maluco de dizer que existe um absurdo singularmente brasileiro. Não temos, graças a Deus, hecatombe, nem genocídio e nem mesmo terremoto. Vivemos às voltas só com os pequenos absurdos. Mas como Antonio Candido, condescendente, gosta de estimular as "hipóteses críticas", ele concordará pelo menos com a constatação de que, embora não sejam grandes, é um absurdo a quantidade de absurdos que produzimos no Brasil.

Quem está matando o Estado?

Enfim, ficamos menos burros em relação ao Brasil. Se não ficamos, não foi por falta de ensinamentos teóricos. Em duas ou três palestras e entrevistas, dois dos mais inteligentes sociólogos da atualidade, Fernando Henrique e Alain Touraine, deitaram sábia falação sobre o nosso país. Fizeram aquilo que os intelectuais mais gostam de fazer: análise crítica.

Na sua já histórica entrevista a Roberto Pompeu, de *Veja*, o sociólogo brasileiro foi tão brilhante e fez críticas tão inteligentes a tudo e a todos, inclusive ao próprio governo, que, ao terminar a leitura, se tem vontade de sugerir que se conceda um ano sabático ao professor Fernando Henrique para que ele vá para a oposição fazer crítica ao governo Fernando Henrique. O príncipe faria oposição ao monarca e assim teríamos três críticos inteligentes no país: ele e os dois Robertos citados por ele mesmo, o Campos e o Freire.

"Masturbação sociológica", dirá com o maior desprezo Sérgio Motta, resumindo o que deve pensar a maioria dos políticos. Pode ser, mas o fato é que o nosso sociólogo falando é um sucesso. Dificilmente se encontrará um país cujo presidente passeie tão à vontade de Marx a Gramsci, de Giddens a Bobbio, de Hirschman a Habermas, para só falar nos estrangeiros.

A sua análise sobre a ambigüidade pós-moderna que oscila entre o iluminismo renascentista e a byroniana *malaise* romântica, por exemplo, é de quem tem armazenado na cachola uns quatro ou cinco séculos de saber sociológico, político, literário e artístico.

A aula magna do sociólogo, porém, deixou no ar algumas questões que se fazem ao presidente. Roberto Campos, que gostou do pensamento "todo neoliberal", não entende por que o autor fica tão "nervoso" com a palavra.

Roberto Freire, o outro crítico "inteligente", não sabe por que o presidente não aceita as emendas e contribuições da esquerda que pensa como ele.

E nós, os poucos inteligentes aqui debaixo, ficamos sem saber quem impede o presidente de completar a tal revolução silenciosa que ele diz estar sendo levada a cabo no país. Sem as reformas, ele dramatizou, "estão matando o Estado". Quem "estão"?

Se não é a oposição, que é burra mas não tem força; se não é o Congresso, do qual não se queixou — já que "aprova as iniciativas do governo, bem ou mal" —; se não são os seus ex-colegas universitários, que escrevem "coisas tão sem sentido", mas só têm poder simbólico; se não é muito menos o povo, que o apóia — quem então está matando o Estado? Por que não dar nome aos bois?

Sabe-se que o professor Fernando Henrique não gosta de ser interrompido com perguntas idiotas, muito menos objeções, quanto mais críticas. Ele se irrita com a incompreensão — "eu queria que os inteligentes compreendessem" — e reclama dos que teriam obrigação de compreendê-lo — "o setor mais acadêmico, da vanguarda da política". Esse setor, no entanto, por mais que não esteja entendendo, não é certamente o que está atrasando as reformas.

Em outro contexto, o colega francês Alain Touraine, com respeito e amizade, deu algumas pistas, referindo-se à "ambigüidade" do governo e constatando que as pessoas não sabem se FHC é "social-democrata ou de direita". Alem disso, lamentou "a ausência de uma liderança", o que leva o presidente a uma dependência "não apenas da direita como também de fulano e de cicrano".

Afinal, quem está matando o Estado? Pelo visto, FHC não pode responder. Por que então não perguntar a dona Ruth, que Touraine chama de "consciência moral e ética do presidente"?

O pós-fim

Como se fosse mais uma previsão dos economistas, o fim do mundo não aconteceu, pelo menos até a hora em que escrevo, e escrevo justamente no tão anunciado dia final. Talvez porque esteja sempre à beira do abismo, o país não se assustou com a perspectiva do apocalipse, com exceção evidentemente de alguns místicos e esotéricos. Apesar das crises, das mazelas crônicas, da miséria secular, o Brasil nunca pareceu um país terminal — vai ver que é por causa do humor, do hedonismo, da alegre energia vital de seu povo.

No fim do século passado, em meio à efervescência criativa e à ebulição cultural da Viena de Freud, Johann Straus, de Gustav e da irresistível Alma Mahler, de Klimt, Kokoschka, Schoenberg, Stefan Zweig, alguém falou em "democracia gelatinosa" e "alegre apocalipse", intuindo os abalos imperceptíveis do terremoto que viria em seguida, esse sim um verdadeiro fim de mundo: um terrível século de guerras e genocídio.

Mas isso é apenas uma má lembrança, nada a ver evidentemente com a gente aqui e agora, espera-se.

Como gosta de brincar com coisa séria, ou pseudo-séria, o brasileiro se esbaldou com o tema, a começar pelos colunistas em geral: acho que não houve um que não tivesse tratado ironicamente do fim do mundo. E as piadas de rua, anônimas? Os pós-modernistas, que adoram o fim da história e a vida depois da morte, encontrariam aqui um ótimo exemplo de pós-fim, pós-tudo.

O maior sintoma da saudável descrença no fim do mundo foi dada pelo presidente FH, que também não acreditou na ameaça. Quando as pessoas estavam especulando sobre o provável fim, ele deu uma esclarecedora entrevista a Jorge Bastos Moreno, falando do que estava aparecendo e não do que, segundo Nostradamus, estava em vias de desaparecer.

Pode soar irônico porque seu governo parece estar não começando e sim terminando, mas ele teve a coragem e a perspicácia que faltaram à oposição para anunciar o surgimento de uma nova categoria de excluídos, de novos "sem": uma classe média e de trabalhadores urbanos emergentes sem-representatividade política e sindical. Em suma: há um novo país que o país institucional não conhece — não conhece, não representa, não tem nada a ver com ele.

Aconteceu então um fato curioso: os políticos, os parlamentares, os acadêmicos, todos concordaram, senão inteiramente com suas conclusões, pelo menos com o diagnóstico e a tese. O presidente conseguiu enfim uma quase unanimidade dos analistas políticos. Não sei se vai lhe agradar essa inversão: antes, era apoiado pelo povão e rejeitado por seus pares. A maioria da população lhe dava os mais consagradores índices de aprovação, enquanto os intelectuais e acadêmicos em geral o criticavam. Agora, que sua credibilidade está em baixa nas pesquisas, ele recebe o apoio de seus colegas.

Por um lado, alvíssaras. O sociólogo que há por trás do presidente constata e denuncia mais um desacerto no país, mais uma crise de identidade: a falta de sintonia e representatividade, o divórcio entre suas instituições políticas e essa nova classe emergente com anseios e reivindicações não atendidos e nem mesmo percebidos. São novos segmentos sociais que, na visão do sociólogo Fernando Henrique, se relacionam com a modernidade: com as novas tecnologias, com os serviços, as telecomunicações, etc. Portanto, gente com — com recursos que garantem essa inserção —, apenas sem canais de representação.

Por outro lado, surge essa desagradável surpresa de que além dos excluídos já conhecidos, dos sem-tudo, há agora os com-bastante, mas sem-voz, distante dos poderes que foram confiscados por uma casta dirigente cada vez mais exclusiva.

Há portanto mais gente fora, querendo entrar. Por enquanto estão batendo na porta, sem serem ouvidos, se é que já não a estão arrombando. De qualquer maneira, o espaço da elite, o território dos incluídos, está cada vez ficando menor. É forte a impressão de que somos uma paródia tardia de Império Romano com as multidões tentando entrar. E quem disse que já não entraram? A barbárie deixou há tempos o terreno das reflexões humanistas para se instalar como realidade concreta nas ruas, em casa, dentro e fora das muralhas.

A diferença entre os dois fins de séculos é que poucos, como Hermann Broch, o autor da expressão, perceberam a ameaça escondida no "alegre apocalipse" da Viena *fin-de-siècle*, ingênua e meio inconsciente. Já aqui, o ovo da serpente está na cara, está sendo chocado em cada esquina. Só não vê quem não quer.

Tão longe e tão perto

Tão distante, tão estranha, tão confusa essa tragédia de Kosovo. A começar pelos povos em guerra, que a tornam mais absurda ainda — louros, de olhos azuis ou verdes, matando-se por raça; iguais, se exterminando por diferenças étnicas. Briga de branco, como se diria por aqui, onde a gente acha que bandido é sempre o "de cor": negro, mulato, pardo, mestiço. Louro é o mocinho.

Sobre isso, li há tempos o impressionante depoimento de um sérvio, ou bósnio, ou croata, contando como vivia em paz e harmonia com seu vizinho, sem saber o que ele era. Até que estourou a guerra. Foi então que eles, de um dia para o outro, ao se saberem etnicamente diferentes, se sentiram no dever de se odiarem e se matarem uns aos outros — não pela cor da pele ou o enrolado do cabelo, nem pela grossura do lábio ou pela forma do olho, mas pela notícia de que o sangue era diferente.

Em meio à volta dos piores fantasmas do século, por quem torcer nessa guerra em que, fora as vítimas inocentes, só tem vilão? Pela OTAN, que pretende arrasar Belgrado, produzindo o que dizia querer evitar e despejando sobre ela todo o estoque de bombas do qual os EUA precisam se livrar, não importando a morte aos milhares? Ou torcer por esse novo monstro chamado Slobodan Milosevic, de cujo cruzamento ideológico com Saddam e Hitler deve ter surgido a raça *pit-bull*?

Tão longe, mas também tão perto pelo que nos desperta de pânico dos piores fantasmas deste século: genocídio, extermínio em massa, campos de concentração, perseguição racial, tortura, estupros, tudo em nome da abominável "limpeza étnica", uma expressão que evoca os tempos nazistas e que já começa a ser usada sem aspas, como sinal de aceitação geral, de vulgarização semântica, de perda da capacidade de chocar.

As imagens bíblicas, o êxodo, a marcha da insensatez, os trens carregados como se estivessem indo para Auschwitz, meio milhão de refugiados, 100 mil diante da fronteira da Macedônia: um Maracanã faminto, morrendo de frio, sem ter para onde ir. E as atrocidades inenarráveis, as crueldades inimagináveis. Os estupros tendo como álibi a "purificação" do sangue. Soldados sérvios engravidando jovens albanesas para obter filhos etnicamente mais "puros".

O malogro da razão, a sensação de que o mal não pode ser vencido ou, pior, não é sequer controlável, a impressão de que o mundo gosta de se indignar *a posteriori*. Os campos de extermínio nazista parecem revoltar mais hoje, quando são mostrados em filmes, do que quando de fato existiam, e as pessoas não queriam acreditar que fosse possível tanta crueldade. Não estará havendo um pouco disso — desse virar de rosto para não ver o horror e não ter, portanto, que tomar uma atitude?

Tão próximo também pela ameaça e pelo que tem de exemplar. Teme-se que nos Bálcãs esteja o protótipo de guerra do ano 2000: a balcanização do mundo, ou seja, a fragmentação, a divisão, a disseminação dos conflitos. O fenômeno já estaria ameaçando internamente países como os Estados Unidos.

A propósito, já falei aqui do livro de Michael Lind sobre a "brasilização dos EUA". Se esse americano tiver mesmo razão, não há como não dar um suspiro de alívio, apesar de tudo. Dos males, o menor. Nossa doença é grave, mas curável: nada que uma boa dose de razão política não possa consertar. Fundamentalismo religioso ou étnico, qualquer fundamentalismo, é que não tem saída, a não ser através desses surtos irracionais de violência e crueldade.

Distâncias sociais, por mais iníquas que sejam, como as nossas, podem ser diminuídas com grana, com distribuição de renda justa; o ódio racial, jamais.

As atrocidades cometidas pelos sérvios contra os muçulmanos costumam ser justificadas pela história de um povo que, além de ter lutado bravamente contra os nazistas, perdeu para o Império Otomano, numa batalha épica em 1389, o controle do território que consideram o berço de sua pátria. Daí tanto ódio e ressentimento acumulados.

É como se a população negra e indígena do Brasil resolvesse transformar em ódio racial a herança deixada pelo genocídio contra os índios, além da ocupação de suas terras, ou a brutal escravidão dos negros.

Nos anos 60/70, lutou-se muito pelo "direito à diferença", pela construção de sociedades multirraciais e pluriétnicas, conservando suas especificidades. A "inserção por etnia", como se dizia, teve efeitos perversos como os guetos e as segregações. Hoje sabe-se que a integração bem-sucedida é aquela em que nem se nota a diferença. O "direito à indiferença", digamos assim, é ainda uma grande vantagem que a *brasilização* leva sobre a balcanização.

Um FHC que jamais se esquece

Graças a Leon Hirszman e à mostra de seus filmes no CCBB, encontrei essa semana o que estava esquecido há 20 anos: um maço de fitas cassetes embrulhadas num papel encardido com a identificação escrita a tinta: "Que país é esse?". Dentro, uns 10 depoimentos das melhores cabeças do Brasil nos anos 70: Fernando Henrique Cardoso, Sérgio Buarque de Holanda, Maria da Conceição Tavares, José Serra, Alceu Amoroso Lima, Alfredo Bosi, entre outros intelectuais e políticos.

Tomados em 1975, esses depoimentos constituem o áudio de um documentário realizado por Leon para a Rádio Televisão Italiana e cujo roteiro ajudei a preparar (uma primeira versão havia sido feita por Glauber, mas era tão genial que, para filmar, só ele mesmo). As imagens estão perdidas nos arquivos da RAI, mas Carlos Augusto Calil, o curador da mostra Leon de Ouro, não desiste e já mobilizou Deus e todo mundo para descobrir e reaver "Que país é esse?".

O diretor de *São Bernardo* considerava o documentário "importantíssimo" e confessava: "Foi o trabalho com o qual mais aprendi em minha vida." Pensava nele como "uma memória fantástica que seria útil à universidade". Na verdade, os depoimentos eram uma espécie de projeto para o país, formulado por alguns dos que talvez já sonhassem que mais tarde, quem sabe, iriam influir nos destinos políticos da nação.

Seria engraçado assistir a esse filme agora — a começar pelo narrador da história. Trata-se de um legítimo FHC, como não se faz mais hoje, da melhor safra, justamente daquele ano em que começava a surgir "luz no fim do túnel", como se dizia. Enquanto declinava o poder militar, nossos intelectuais orgânicos já se preparavam para o Brasil pós-ditadura, o país de hoje.

— Basicamente, você quer saber o quê: estrutura de poder, sociedade?
— pergunta o narrador cheio de si antes de começar a filmagem.

O diretor diz que sim e explica que quer "montar" o que será dito com o que foi dito antes "pelo Serra".

— Desde que época? — quer saber o onisciente condutor da história.

— Principalmente deste século — contenta-se Leon.

— Nós vamos ser o mais sintético que eu possa ser, em pílulas — promete o sociólogo.

E dá início à sua exposição pelo fim do século passado. São quase duas horas de uma brilhante masturbação sociológica de deixar Sergio Motta apoplético. São um jorro incessante de conceitos precisos e palavras cristalinas, como se o autor, em vez de usar a memória, tivesse acabado de viver tudo aquilo: a passagem do Império para a República, a revolução de 30, os governos Vargas, a era JK, a aventura de Jânio, o golpe de 64, tudo, num painel que funciona como uma sinopse do Brasil contemporâneo.

Quem ouve a gravação hoje não consegue deixar de se extasiar com a sapiência do narrador. Não me lembro, mas alguém na época, ao ouvir essa lição de Brasil, deve ter sonhado com esse sociólogo no poder. E certamente terá dito: "Só não resolverá os problemas do país se não quiser."

É difícil destacar trechos, mas se tivesse que escolher um só, eu escolheria o que o próprio expositor considera "a questão-chave", "a questão politicamente fundamental", ou seja, o problema da incorporação das massas a um projeto de nação.

Era muito duro viver naqueles tempos, a vida não era fácil. Os governantes só se preocupavam com o país, não com o povo. Eram capazes de sacrificar educação e saúde em favor da estabilização econômica e do equilíbrio monetário. Diziam que era preciso desenvolver o país primeiro — "deixar o bolo crescer" — para só então distribuir suas riquezas.

Fernando Henrique, um sociólogo sensível às aspirações populares, ficava indignado, não se conformava com o tratamento que as elites dirigentes davam ao povo. "Essa massa que está aí", ele advertia, "está com o olho bem aberto e que, se bem é certo que ela possa se entusiasmar pelo fato de que o país progride materialmente, ela sabe também que seu bolso não necessariamente está cheio. E que não é possível sempre diferir a repartição do bolo para o fim da história, mesmo porque a história não tem fim."

Tende-se a olhar para o passado com um certo medo de descobrir em nós mesmos algum pecado escondido, de flagrar um mau passo, uma besteira, algum desbotado motivo de vergonha. Com Fernando Henrique ocorre o contrário. Se ele tiver do que se envergonhar, não será certamente desse passado. FHC safra-75 tem um sabor original, inconfundível, ninguém esquece. Vai ver que trocaram a garrafa.

De Canudos a Eldorado dos Carajás

Há na exposição *Canudos rediviva*, no Centro Cultural Banco do Brasil, um quadro intitulado *Em busca da terra prometida*, o primeiro que se vê ao entrar. Ele mostra um grupo de romeiros de Antonio Conselheiro carregando enxadas, paus, pás, ancinhos e foices. Depois, uma série de pinturas dramáticas e expressionistas descrevem o *delenda Canudos*, a batalha final e o massacre dos beatos.

Esses quadros poderiam estar nos jornais desses últimos dias, assim como algumas fotos de primeiras páginas caberiam na exposição. Se fosse num filme, as cenas antigas poderiam ser fundidas com as imagens dos romeiros de José Rainha.

Canudos e Eldorado dos Carajás parecem fazer parte do mesmo roteiro — e de certa maneira fazem, com a diferença de escala e a distância de 100 anos entre os dois episódios trágicos. Só não é uma farsa porque não se trata da história se repetindo, mas continuando, inconclusa, incurável, como um mal crônico e recidivo.

"Canudos e Antonio Conselheiro trazem à tona, velada pelo misticismo, a questão da terra. Seus nomes anunciam o retorno do reprimido porque representam um problema não equacionado", diz o texto assinado pelo CCBB, apresentando a exposição que relembra o centenário de um dos mais violentos surtos psicóticos de nossa História.

Pode-se apontar várias diferenças entre os dois 96 — o do século passado, de messianismo religioso, e o de agora, de voluntarismo político. O primeiro, envolvendo 25 mil miseráveis, teve pelo menos grandiosidade, foi um épico — exemplo, matriz e metáfora.

O país agora ficou mais mesquinho e parcimonioso; não produz chacinas como antigamente, naquela escala extraordinária, de dimensões épicas. Hoje, prefere fabricá-las rotineiramente, no varejo, em pequenas partidas: um dia na Candelária, no dia seguinte em Vigário Geral, outro em Carandiru ou Corumbiara, num fim de semana na periferia carioca ou paulista. Como diz o poema de João Cabral, *Morte e vida severina*: "Como aqui a morte é tanta/Vivo de a morte ajudar."

Banalizou-se o horror e barateou-se a indignação, criando uma espécie de mecanismo de esvaziamento catártico. Basta lamentar, repudiar e chorar. Um conformismo exaltado ameaça e esbraveja. Nada é sincero ou real; tudo é virtual. Em vez de levar à ação, a indignação passa a levar à retórica. A má consciência expia-se pelo discurso, pela liberação da fala.

Não se sabe o que é mais cínico: se os culpados fingindo acreditar em punição, mas certos da impunidade e do esquecimento, ou se as autoridades abrindo inquéritos, cobrando "enérgicas providências" e fazendo de conta que não sabem que tudo vai dar em nada. As declarações e os protestos oficiais podem não ser todos cínicos, mas a julgar pelos casos recentes eles soam estéreis e inúteis.

O comandante da PM do Pará admite que houve "excesso". O Congresso, sentindo-se chocado, teme a repercussão no exterior, sugerindo que a preocupação maior é com a imagem e não com a violência. "Temos que acabar com essa imagem de violência que o Brasil tem lá fora", disse o presidente do Senado, José Sarney, quase repetindo as palavras do presidente da Câmara, Luís Eduardo Magalhães.

O presidente do Supremo Tribunal Federal, Sepúlveda Pertence, também reagiu, "envergonhado", como todos os brasileiros. A OAB exigiu providências, as entidades de direitos humanos, as organizações não-governamentais e até as governamentais protestaram. Não houve quem ficasse impassível diante do espetáculo brutal e "desnecessário", como certamente dirá alguém, distinguindo esse massacre dos "necessários" ou "inevitáveis". As chamadas consciências críticas se levantaram, todo mundo gritou.

O presidente da República, com espanto de estrangeiro, classificou o massacre de "inaceitável" e "lamentável", como se pudesse dizer o contrário. Ele convocou o país "à reflexão", sem informar como é possível fazer isso agora. Garantiu que "dessa vez os culpados serão julgados mesmo", anunciou que "chegou a hora de darmos um basta nisso tudo" e se referiu à "incompetência das forças que asseguram a ordem".

Não se pode duvidar da sinceridade do presidente, mas não se pode deixar de desconfiar também da ineficácia dela. Não precisa ser profeta como Antonio Conselheiro, nem sociólogo como Fernando Henrique para saber que, com a política fundiária do seu governo, com o lugar que a reforma agrária ocupa dentro de seu projeto de reformas, um dia isso ia acontecer, como um dia voltará a acontecer. Uma pedagogia perigosa parece avisar que o sertão não vai virar mar — vai virar cada vez mais um oceano de violência.

Entre 69 e 99
o que mudou, afinal?

Daqui a 30 anos, quando se fizer um balanço de 1999 como o que se está fazendo de 1969, o que se dirá do Brasil de hoje? Qual seria a grande síntese? Será que 99 é 69 inteiramente voltado para cima? Com base nos jornais, revistas e programas de TV, de que maneira um velho jornalista resumiria para um jovem do ano 2029 esses tempos tão complexos que estamos vivendo?

Na época da barra-pesada, de censura, terror e tortura, era fácil eleger o grande problema, ou a grande preocupação, ou o grande inimigo. Tudo se resumia à falta de liberdade, esse bem a que só se dá valor quando não se tem e de que só se fala quando está em falta. Achava-se que no dia em que se derrubasse a ditadura tudo estaria resolvido.

Não foi bem assim. A herança daquele período, chamada de "entulho autoritário", se juntou às naturais dificuldades da redemocratização e tudo isso somado à inoperância dos governos, à corrupção, à impunidade, deu no que deu, o resultado é o que aí está: um país em profunda crise — social, política, econômica, moral.

Se em 69 a grande reivindicação era a liberdade de expressão, a de hoje é, senão o impossível sonho da igualdade, pelo menos uma menor desigualdade. Pedia-se um país mais livre; agora, tem-se que pedir um país mais justo. Com a publicação pela ONU do novo cálculo do Índice de Desenvolvimento Humano (IDH), que mede a qualidade de vida de 174 países, segundo os indicadores de educação, saúde e renda, está se discutindo se o Brasil deveria estar no 60º lugar ou no 79º lugar no *ranking* internacional. Mesmo admitindo que tenha melhorado seus índices, ainda que rebaixado para a segunda divisão — a dos de desenvolvimento médio —, o fato é que continua sendo escandaloso que ele permaneça atrás de países como Arábia Saudita, Cazaquistão, Samoa Ocidental, Seychelles e até Cuba, uma pequena ilha que, sem liberdade política, vivendo quase que só do açúcar e sob um cerco econômico brutal, obteve o 58º lugar.

Pior do que isso é o fato de que as quase três décadas de ditadura e transição, mais os dez anos de governos civis e democráticos, não foram suficientes para retirar do Brasil um vergonhoso título — o do país com uma das mais iníquas distribuições de renda do mundo, o que faz dele o paraíso dos ricos e o inferno dos pobres. Entre uns e outros há uma distância social que, se calculada em números, equivale a qualquer coisa como os 20% dos que estão no topo da pirâmide ficam com mais de 60% da renda nacional, enquanto os 20% de baixo ficam com menos de 3%.

Um dos maiores pecados dos governos pós-ditadura, incluindo o atual, foi ter permitido que a decepção e o desencanto, principalmente entre jovens, se transformassem em nostalgia dos velhos e tenebrosos tempos. De crise em crise, de escândalo em escândalo, corre-se o risco de achar que a culpa é da democracia.

Já não é raro ouvir dizer que, "pelo menos não se roubava tanto", esquecendo-se de que alguns dos problemas atuais mais graves, como a corrupção, já existiam, e como! — só que não se sabia, a censura não deixava. A liberdade de imprensa apenas escancarou as mazelas, dando maior visibilidade aos problemas.

Contestar os resultados do Provão da ONU não vai melhorar a qualidade de vida do país. O importante é saber que o crescimento econômico sozinho, sem uma férrea vontade política voltada para o social, não vai acabar com as desigualdades sociais, a concentração de renda, o desemprego e a exclusão.

Pode-se ter um país rico e um povo miserável. Como já dizia o ditador Garrastazu Médici, num raro momento de verdade, "a economia vai bem, mas o povo vai mal". O perigo é se achar 30 anos depois que deve ser assim mesmo.

Quando o esperado faz surpresa

"Quando menos se espera chega o Natal", anunciava a manchete de um jornal da minha terra há muitos anos, fazendo a gente rir até hoje daquele esforço hilário de transformar a efeméride mais previsível do ano em uma surpresa. Por um involuntário mecanismo de humor, a maior festa da cristandade virava um súbito evento.

O problema é que no Brasil, cada vez mais, o esperado é que faz surpresa. Nessa semana pré-natalina, várias manchetes, reais ou possíveis, concorreram ao Prêmio *Inesperado* em muitas categorias. A campeã, acho, deveria ser: "Quando menos se espera, Edmundo é expulso."

Com exceção do Tutty Vasques, que nasceu no Encantado mas tem a alma em São Januário e o coração no lugar dos olhos, quem não esperava por essa *surpresa*? Quem acreditava que o Animal pudesse virar um ser humano controlado e racional?

Sei que o assunto é polêmico e que, além do Tutty, há quem considere o Edmundo injustiçado. O Eurico Miranda, por exemplo, disse que o jogador foi "vítima" e que a bolada que deu no adversário foi coisa de peladeiro: "Foi como se dissesse: 'Se você quer tanto a bola, fique com ela'", explicou o dirigente, dando a entender que o Animal tem dificuldade de falar, prefere os gestos. Ou então que primeiro faz, depois é que fala. Não vou discutir o mérito (?), porque parece que a justiça esportiva é que vai decidir hoje. Pelo menos esta será mais rápida do que a comum, que há... meses está apurando a responsabilidade do jogador no acidente em que, como motorista, causou a morte de três jovens em conseqüência de um coquetel infalível: excesso de velocidade, de bebida e de imprudência.

O que não se discute agora, porque não há dúvida, é que enquanto aguarda este julgamento, o Animal vai aprontar mais, como aliás já aprontou, dentro e fora do campo. Em breve, quando menos se espera...

Em matéria de previsibilidade, a manchete do Edmundo só disputa com aquela outra, sobre o desemprego. Essa semana o governo "reagiu", saiu correndo para apagar o incêndio e providenciar um conjunto de medidas urgentes que pudessem "atenuar o problema". Foi apanhado de surpresa, pra variar. Tudo no ritmo de "quando menos se espera aumenta o desemprego".

Quem, além do governo, achava que uma política de recessão braba e de juros na estratosfera, os mais altos do mundo, não aumentaria o desemprego? Alguém tinha dúvida de que isso seria, já estava sendo, uma fatalidade?

Um relatório da ONU acaba de anunciar que o Brasil deverá crescer no máximo 1% em 1998, isso na melhor das hipóteses. As razões são conhecidas: crise financeira internacional, revoada especulativa de capitais, pacote fiscal. No próximo ano, porém, diante da confirmação do fato, as autoridades vão ter a reação costumeira: "Quando menos se espera o Brasil pára de crescer." Alguém tem dúvida?

O Brasil é um dos campeões de mortalidade infantil? Que coisa! Não é possível! Haverá sempre alguma reação oficial se surpreendendo com a revelação. Quando menos se espera o Brasil mata mais crianças de fome do que o Equador e o Paraguai, só está atrás de três miseráveis países na América do Sul.

A surpresa retórica com o esperado em geral não tem a ingenuidade do jornal de minha terra. No país do "quando menos se espera", o comportamento costuma ser uma boa desculpa hipócrita. As mazelas são crônicas, a corrupção é endêmica, mas o governo nunca sabe, é sempre apanhado de surpresa. Até o dia em que, quando menos se esperar, a boiada estourar.

Procura-se um legista para abrir cofres

Finalmente retiraram de cena os corpos nus de Susana e PC e puseram o de Caetano Veloso no palco, despido pelas bacantes da peça de Zé Celso Martinez. A vida em lugar da morte. Saiu Tanatos e entrou Eros. Depois dizem que o teatro e a vanguarda morreram. Se não fosse Zé Celso e suas atrizes, soltando a franga e proclamando o império de Dionísio, a gente continuaria com a impressão de que o festival de necrofilia não ia acabar.

Confesso que não agüentava mais ouvir falar de rigidez cadavérica, vísceras, livores, ossada, arcada dentária, sêmen e amostras de sangue. E muito menos suportava fazer refeições na presença de cadáveres. Sei que era o momento de glória dos legistas, os heróis desse festival, mas já estava demais ver o Dr. Badan Palhares ou o Dr. Massini ou o Dr. Peixoto entrando a qualquer hora sem pedir licença, prontos a sacar do bolso um pedaço de vísceras, ou coisa parecida.

Um deles, o diretor do IML de Alagoas, chegou ao cúmulo de entrar na hora do jantar para mostrar a faca de cozinha com a qual fizera a autópsia do "Dr. Paulo César e da senhorita Susana". Àquela hora, com certeza, milhares de donas de casa ou estavam comendo carne, como eu, ou tinham acabado de cortar legumes com uma faca semelhante, mais parecendo arma de crime do que de dissecação. A cena foi um autêntico e literal tira-gosto. Chorando, patético e tragicômico, o legista comandou o involuntário número de humor negro que faltava ao festival.

Pela manhã já tínhamos tomado café em companhia do cadáver de Lamarca, com os olhos escancarados e o rosto encovado como uma caveira. De JK, foram mostrados os restos mortais contorcidos do carro, já que não se tinha o corpo. A repetição da foto de Susana e PC esparramados na cama em trajes teoricamente "íntimos", como se fosse uma paródia daquelas séries pop de Andy Warhol, apresentava a insolência obscena de um festim macabro.

Tudo isso pode até não ser sintoma de nada, só sinal dos tempos e de mau gosto. Afinal, o público em geral sempre foi chegado a um macabro. Em todos os lugares fazem sucesso aqueles jornais que, espremendo, soltam sangue. Mas agora a onda tinha invadido os horários e os espaços mais nobres e sérios da televisão, dos jornais e das revistas.

Não eram apenas fotos e imagens. Como uma vertente verbal do brutalismo, aquele tipo de manifestação artística em que o material se expõe mostrando as vísceras, o texto jornalístico passou a incorporar também cruamente o vocabulário lúgubre. Palavras que de tão fortes só eram usadas como metáfora — as "vísceras" de uma sociedade, o "intestino" de uma cidade, a "dissecação" de uma obra — apareciam no seu sentido literal, como se a linguagem figurada tivesse sido abolida ou desconstruída.

Numa única página, podia-se tropeçar em corpos estendidos no chão, descobertos, contrariando inclusive o elementar respeito cristão que manda cobrir qualquer morto, nem que seja com jornal, na falta de lençol, sem falar nas velas que aparecem sempre. Depois de se banalizar a morte, vulgariza-se a pós-morte. Vai ver que é até uma maneira de resistir, de banalizar a banalização, sei lá.

De qualquer modo, o melhor exemplo desse naturalismo foi dado pelo mesmo diretor do IML de Alagoas, Dr. Marcos Peixoto, quando fez uma aposta com os jornalistas sobre o que havia no estômago de PC: "Se estiver escrito que tem arroz e camarão, quanto vocês me dão?", desafiou.

Soube-se não só o que havia no estômago, mas também na bexiga, nos intestinos e em toda a região dos "países baixos". Nenhum recanto anatômico do casal deixou de ser visitado e tornado público, nenhum detalhe foi omitido. Escarafunchando o seu ventre, fuçando em suas entranhas, os legistas descobriram que Susana não estava grávida, não tinha doença venérea e não mantivera relações sexuais.

Apesar do sucesso deles hoje, me perguntei o que leva uma pessoa a abraçar a profissão de legista, sem me dar conta de que se pode fazer a mesma pergunta em relação ao jornalismo, já que somos também meio legistas ou patologistas sociais em relação à vida alheia. A exemplo dos agentes funerários, corremos atrás de *presunto* e muitas vezes fazemos autópsia dos acontecimentos com faca de cozinha.

Enfim, eis aí um país onde não se pode queixar de falta de transparência. Pelo menos esse consolo: não precisamos mais esperar 20 anos para exumar nossos mortos. A nossa democracia já aprendeu muitas coisas, inclusive a entrar nas mansões dos mortos e a revirar pelo avesso cadáveres ilustres, só não consegue entrar em banco e abrir cofre. Em outras palavras, ela levantou completamente o sigilo anatômico de PC Farias, mas aposto um prato de arroz com camarão como jamais saberá o quanto ele guardava nos bancos.

Vantagens do nervo exposto

Ao contrário dos arquivos militares do passado, que estão se abrindo aos poucos, o nosso baú do presente não tem mistério, não consegue esconder mais nada: escancarou-se despudoradamente e isso chega a ser uma vantagem, se é que existe vantagem em nervo exposto. Agora é às claras — não por desejo de transparência, mas por falta de recato.

A reforma ministerial mostrou que o governo resolveu desmoralizar o conceito de mudança e anestesiar o nosso espanto. Surpreender-se mais com quê? Desistiu até da hipocrisia, que, como se sabe, é a homenagem que o vício presta à virtude. O vício perdeu o pudor e parece dizer: "Cansei de fingir." Ao descobrir que opinião pública não é opinião publicada, Fernando Henrique passou a se lixar para esta, pelo menos enquanto ela não mudar o resultado das pesquisas.

O novo ministro da Justiça, insinuando que outros colaboradores de Collor, enrustidos, continuam no poder, declarou: "Quantas pessoas ficaram, apagaram as luzes e a imprensa não fala disso?". As indiretas pairam no ar. Ele deve ter querido dizer: "Por que só eu? Quem não foi?". Resta saber em quantas cabeças coroadas cabe a carapuça.

O mais sintomático é que em nenhum momento Renan Calheiros mostrou-se preocupado em apresentar seus improváveis requisitos e credencias para se responsabilizar por uma área tão complexa e problemática, que enfrenta um Judiciário desmoralizado, não sabe como baixar os assustadores índices de violência rural e urbana e não consegue controlar o trabalho escravo e a prostituição infantis.

Aliás, nem ele nem ninguém mostrou-se preocupado. O presidente, em vez de buscar qualidades para o escolhido, procurou se esforçar para negar suas deficiências, apenas isto. É como se a importância do cargo não exigisse que fosse nomeado alguém por inegáveis virtudes e não pela — na melhor das hipóteses — discutível ausência de vícios.

O próprio ex-líder de Collor passou a se safar como um suspeito, e sua principal peça de defesa acabou sendo o senso de oportunidade. Pelo que foi dito por ele e por outros a seu favor, conclui-se que sua maior qualidade foi saltar fora antes, não ter permanecido para "apagar as luzes". Pelo menos agora se sabe que quando Renan Calheiros resolver sair, alguém deve procurar logo um interruptor.

Teoricamente e em linguagem douta e cheia de elipses e subentendidos, tudo foi explicado na aula que o professor Fernando Henrique deu esta semana em Brasília, usando o conceito de "ética da responsabilidade", a estratégia de longo prazo que os políticos e estadistas devem usar para fazer "avançar o processo na direção, nos objetivos que propõe", ainda que sacrificando temporariamente meios e processos.

Como os críticos "não sabem, não conhecem o processo histórico", limitados que estão às "cobranças do dia-a-dia da administração", eles só se preocupam com a "estratégia da reflexão", a que insiste nos "valores absolutos". Em boa e velha síntese — mais para Maquiavel do que para Max Weber —, o fim justifica os meios.

Entende-se que, como disse o professor, um governante não deve abrir inteiramente o jogo — "não deve estar a cada instante no púlpito, proclamando a verdade". O problema é que seu governo parece querer provar que só se pode chegar aos melhores objetivos usando os piores caminhos, ou os mais enlameados.

Nem tudo porém está perdido; há símbolos de redenção em meio à ambigüidade e ao caos e, como sempre e apesar de tudo, eles vêm do dia-a-dia da cultura, do cotidiano da arte.

Assim, se ao contrário do presidente você não está com muito saco para aturar as ambivalências dessa "ética da política" que ele exalta, faça como eu e mais de 100 mil pessoas: entre no cinema e vá ver *Central do Brasil*. Ah, já foi? Vá de novo e de novo. Quantas coisas ruins, além do novo ministério, você é obrigado a ver todo dia? Por que não ver três vezes uma mesma obra-prima? Ali está, sem blablablá, um Brasil que vale a pena ver e rever.

Será que um dia vai dar certo?

Será que no futuro o "país do futuro" vai dar certo? A pergunta não é bem essa — é "Brasil: país laboratório do terceiro milênio?" —, mas acho que a questão será inevitável numa das mesas-redondas que os franceses estão organizando durante o Salão do Livro. Como vou participar, resolvi levar pelo menos uma resposta pronta, a de Tim Maia. Ele dizia que "o Brasil não dá certo porque aqui prostituta se apaixona, cafetão tem ciúme e traficante se vicia".

Ou seja: ninguém, dentro ou fora da lei, desempenha corretamente o seu papel, ninguém cumpre com sua obrigação; não se faz o que se deveria fazer e vice-versa. Nessa mesma linha, pode-se citar também Tom Jobim, para quem, no Brasil, até o mapa é de cabeça para baixo: o que deveria ser a base está em cima. Segundo ele, tudo aqui tem uma lógica invertida.

Para não fugir ao tema da mesa, pode-se atribuir tudo isso ao fato de o Brasil ter sido sempre um laboratório, isto é, um lugar de experiências — às vezes boas, às vezes ruins. É laboratório racial, cultural, social e, claro, futebolístico.

Parece que foi assim desde o começo. Durante os primeiros séculos de nossa história, a Europa acreditou que aqui se estava experimentando um homem novo, o "bom selvagem", e lançando as bases da teoria da "bondade natural", que tanto sucesso faria no Velho Mundo. A terra era rica, edênica, e as gentes que aqui viviam eram formosas de corpo, puras de alma, inocentes e felizes.

Num fascinante livro, *O índio brasileiro e a Revolução Francesa*, Afonso Arinos de Melo Franco mostrou como as descrições panegíricas dos viajantes portugueses e principalmente franceses influenciaram escritores como Montaigne, Rabelais e, mais tarde, Jean-Jacques Rousseau, incendiando a imaginação revolucionária.

Franceses como o franciscano André de Thevet ou o calvinista Jean de Léry, que acompanharam Villegaignon na sua aventura de experimentar aqui uma França Antártica, acreditavam estar num "segundo Paraíso Terrestre", onde morava um povo perfeito, não contaminado pela velha civilização. O Brasil estava na moda. A dama da corte européia que não tinha um índio em casa é porque já tinha em seu lugar um papagaio, um mico ou um sagüi.

Agora, quase 500 anos depois, vamos ter que mostrar aos franceses no que deu essa experiência que seus ancestrais tanto fantasiaram. O balanço é positivo em áreas como a cultural e decepcionante em outras, como a social. Já se disse que no campo da criação artística o país integra e aproxima. A música, por exemplo, une, mistura, incorpora e soma.

O economista Carlos Lessa, que está fazendo estudos sobre a identidade do povo e do país, acha que é hora de revalorizar o processo de antropofagia cultural, tão caro ao modernista Oswald de Andrade — essa capacidade que a cultura brasileira tem de assimilar, deglutir, reprocessar e devolver o que vem de fora. "Somos talvez o país mais bem preparado para enfrentar a globalização", acredita.

Ele tem encontrado manifestações dessa criatividade em todos os campos. Descobriu, por exemplo, que foi na rua das Marrecas, no Centro do Rio, que se inventou a comida a quilo, a reação popular mais eficaz contra a invasão imperialista do *fast-food*.

Com uma liberdade de escolha ilimitada, sem patrulhamento, o freguês está podendo experimentar combinações gastronômicas impensáveis antes: feijão com *sushi*, torresmo, batata frita, almôndegas, alface, macarrão, por que não? Depois de inventar a feijoada, estamos atualizando-a; vai ver que estamos criando a feijoada pós-moderna.

Este, evidentemente, é apenas um exemplo curioso dos muitos que Lessa pode citar. Em compensação, em matéria de política social, não há país mais injusto, segregador e excludente. A expressão "*apartheid* social", se não foi, podia ter sido inventada aqui.

Laboratório para a convivência das diferenças — de raça, de cor, de cultura e de religião —, o Brasil cada vez mais parece incapaz de diminuir suas indecentes desigualdades sociais. A economia afasta irremediavelmente o que a cultura aproxima.

E o problema continua aí. Enquanto não se resolver essa contradição, é muito difícil dizer que o país deu certo, ou que vai dar.

É o passado que está batendo à porta

O presidente Fernando Henrique deveria mandar esquecer não só o que ele escreveu no passado, mas também certas coisas que o passado escreveu por conta própria e que, vira e mexe, vêm bater à sua porta nos momentos mais inoportunos. O passado, se não o condena, pelo menos o persegue. Isso é hora de virem à tona as revelações sobre a vida pregressa de seu novo chefe de Polícia?

Por que será que nesse país jovem, quase sem história e sem memória, sofrendo de uma espécie de amnésia crônica, o passado teima sempre em voltar, apresenta-se como sombras insepultas prontas a atormentar o nosso presente? Vai ver que é por isso mesmo, justamente porque somos o país do pretérito imperfeito. Nada se completa, tudo é inconcluso ou mal-acabado.

Assim, a História às vezes fica sem pé nem cabeça. Só para não ir muito longe: quem sabe quando terminou a ditadura militar e quando começou a transição democrática no Brasil? A cabeça de uma não parece o pé da outra? Se por um lado a indisposição para a ruptura evita os desfechos sangrentos, por outro o país da conciliação se torna um hímen complacente. Uma vez que anistia e amnésia têm a mesma raiz etimológica, tende-se a confundi-las, e assim se confunde o que não deve ser confundido: perdão e esquecimento.

Há duas semanas, na matéria de capa sobre as profecias do fim do milênio, o historiador francês Jean Delumeau disse à *Época* que "o brasileiro não tem medo do fim do mundo. Tem medo é do amanhã".

Bondade sua. Temos medo do amanhã, mas também do ontem e, o que é pior, do hoje, um pânico do agora. O pobre tem medo de não comer, o assalariado de perder o emprego, a gente de andar na rua e o presidente de não ter quem nomear. Há araponga para tudo, até para grampear suas conversas; só não há para evitar que ele erre na hora de escolher um auxiliar.

Ficou famosa a frase do jornalista Ivan Lessa dizendo que o Brasil é o país onde a cada 15 anos se esquecem os últimos 15 anos. O que há de novo agora é que esse tempo está diminuindo. Estamos esquecendo cada vez mais depressa. Como conseqüência, o passado tem encurtado o tempo da volta.

No momento, temos pelo menos três passados batendo à nossa porta, pedindo satisfação e esclarecimento. É o triplo retorno do que foi recalcado ou mal resolvido. O primeiro é de 1970, quando ocorreram os episódios em que o delegado João Batista Campelo está sendo acusado de ter torturado o ex-padre José Antonio Monteiro. O segundo é o Caso Riocentro, de 1981, quando se montou uma farsa para atribuir aos comunistas um atentado feito por extremistas de direita. E o terceiro, mais próximo, é o Caso PC Farias, de 1996, em que duas mortes aguardam que finalmente se desvende o seu mistério.

Como se vê, a distância entre o passado e o presente está diminuindo. O primeiro caso tem 30 anos; o segundo, 18; e o terceiro, três anos. Nesse passo, chegaremos a encostar o que foi com o que ainda está sendo e assim atingiremos a perfeição de esquecer o próprio presente. Aliás, é isso que já estamos fazendo. Quem ainda se lembra do escândalo dos anões do Orçamento? E da pasta rosa? E do Sérgio Naya? O escândalo do dia faz esquecer o da véspera.

Uma das características desses tempos pós-modernos, principalmente no Brasil, é que o presente virou um produto efêmero e descartável, assim como uma garrafa de refrigerante ou a vida nas grandes cidades. Ainda jovens como o país, corremos o risco de ficarmos parecidos com aqueles anciãos cuja memória inverte o tempo: lembram-se só do passado; não conseguem viver o presente.

O risco de virar uma imensa Alagoas

Já se tinha lido a notícia de Arraes chamando o Exército, ele que costumava ser chamado; já se tinha visto a caminhada dos policiais civis na praia de Ipanema domingo, panfletando onde outrora os paisanos, em manifestação parecida, começaram a derrubar Collor. A TV tinha também mostrado mulheres de policiais fazendo panelaço. Em alguns lugares manifestantes cantaram o *Caminhando*, do Vandré, em outros, militantes de esquerda chamaram seus ex-caçadores de "companheiros" e em quase todos foi ouvido o velho bordão: "Polícia unida jamais será vencida."

Acreditava que já tinha visto tudo nesses tempos de sinais trocados e acumulações insensatas, quando soube que a passeata de quarta-feira seria a "Passeata dos 100 mil", como disse um dos líderes. Achei então que não devia perder o *remake* daquela que ficou como emblema nacional do poder das ruas, da força dos símbolos e do valor da pressão da massa.

Valeria pelo menos pelo ineditismo. Naquele espaço, por onde haviam desfilado quase todos os movimentos cívicos cariocas, a polícia pela primeira vez desempenharia o papel de herói e protagonista do espetáculo: ia ser observada e não observar; não ia correr atrás, ia caminhar. E, quem sabe, podia até levar tiro. Alguns pareciam acreditar, como os jovens radicais de 1968, que "só o povo armado derruba a ditadura", pois levavam o trabuco na cinta.

De saída dava para perceber que, pelo número de participantes, a manifestação seria uma espécie de Passeata dos sem, não dos cem mil — na melhor das hipóteses, dos cinco mil. Em compensação, havia organização e humor. Uma faixa aconselhava: "Adote um policial antes que um traficante o faça." Uma musiquinha, com melodia de *O teu cabelo não nega* e letra irreverente, mandava o governador destinar o aumento prometido "à sua avó".

Apesar da ordem e do ineditismo, havia um certo ar retrô no espetáculo. A sintaxe e a coreografia pareciam as mesmas dos tempos de antanho, mas o texto e a concepção visual lembravam um funeral de símbolos *déjà-vus*. As flores e os cravos, inclusive os enfiados nos canos de revólveres, eram da Revolução dos Cravos de 1974, de Portugal. Algumas palavras-de-ordem contra a "burguesia" eram dos anos 60. As caras pintadas eram as dos meninos que ajudaram a derrubar o Collor; o clima de abaixo a ditadura era das Diretas já e os apitos eram da turma da maconha do Posto 9.

De novidade, os galhos de arruda atrás da orelha e a certeza de que as reivindicações, para passarem de justas a legítimas, têm que ir para as ruas. Os governos só agem sob pressão e, pela força, acabam arranjando dinheiro para dar o aumento que antes não podiam dar. Se era possível, por exemplo, romper o acordo com os usineiros, por que esperar a convulsão social para fazê-lo? Diante disso, o perigo é achar-se que mais vale a pena a porrada do que insistir em formas gastas de protesto. Os manifestantes e o governo do Rio agiram com moderação e serenidade. A polícia civil carioca dessa vez deu o bom exemplo.

O governo federal exulta com protestos de pouquinha gente e Fernando Henrique gosta de tripudiar da "meia dúzia de gatos pingados" que às vezes comparecem para vaiá-lo. Nessas horas, o político não deixa o sociólogo perceber que, se isso é ruim para a oposição, é péssimo para o país.

Os ritos são fundamentais para a democracia, e não apenas os lindos tendões e os símbolos augustos da pátria, mas principalmente os de protesto, até porque são catárticos. Quando os signos se degeneram e certos símbolos perdem a força, os conflitos e confrontos passam a ser literais. Aí, as liturgias se transformam em baderna, como se viu em várias capitais, e o país corre o risco de virar uma imensa Alagoas.

Vê melhor quem nos vê de longe

Lygia Fagundes Telles, Carlos Heitor Cony e eu fomos os últimos a deixar o campo — voltamos essa semana de Paris no mesmo avião e com a mesma impressão de que no ano da Copa do Mundo a vitória será do livro. Os franceses disseram que, em termos de sucesso, nada se viu igual — nem quando o Japão, nem quando os Estados Unidos foram os homenageados do Salão do Livro.

Lendo agora os nossos jornais, pode-se garantir que o que foi publicado aqui não significa nem 20% do que o que saiu lá. Dessa vez não foi o *éxotique* que atraiu, nem o mórbido — nem chacina de criança, nem genocídio de índio. Foi algo que se diz estar em extinção: a palavra escrita.

Sei que o olhar estrangeiro não deve ser a nossa única medida, mas que ele ajuda a nossa auto-estima, isso ajuda, por mais colonizada que seja a atitude. Oscilamos entre a recusa e a busca do reconhecimento internacional. Basta ver como nos enfeitamos para receber os gringos. Dizemos que não ligamos para o que se diz lá fora, mas no fundo adoramos quando falam bem de nós.

Às vezes me senti lá como o sujeito que entra na loja chique estrangeira, pede o melhor par de sapatos, o mais bonito, o mais caro, e quando chega em casa descobre que ele é *made in Brazil*. É uma mistura de frustração pessoal com orgulho nacional, e irritação. Quer dizer que podemos fazer melhor? Por que é preciso ir lá fora para obter o melhor?

Passávamos pelas vitrines cheias de livros brasileiros e olhávamos narcisicamente como se fossem espelhos, dando vontade de dizer: "Regardez, c'est un pays sérieux." Em uma delas, a Librairie Saint-Germain-des-Près, colada ao Café de Flore, o lendário bar onde Sartre e Simone de Beauvoir revolucionaram algumas idéias e comportamentos do seu tempo, havia 57 títulos, eu contei.

Contei e, exausto, me sentei no Flore para tomar um *balon de rouge*. Os escritores americanos da "geração perdida", que nos anos 20 e 30 foram morar em Paris, diziam ter andado três mil milhas procurando a Europa para afinal encontrarem a América. Também foi de Paris que os modernistas brasileiros da Semana de 22 descobriram um outro Brasil.

O vinho ajudando, além das lembranças, vão surgindo as teorias. A primeira é que o Brasil é como o sapato: é melhor lá fora. A segunda é a teoria do estripador: em partes o Brasil é mais gostoso; o todo é que é ruim. E por que a soma das partes não dá um todo correspondente? Vai ver que, como em tudo, é porque se rouba na divisão.

Depois do terceiro ou quarto vinho, me dei conta de que Paulo Coelho não estava na vitrine. Voltei lá e perguntei à vendedora o por quê. Ela fez cara de brasileiro: "Imagine!". Tinha incorporado o nosso preconceito. No país da tolerância, em que compositores, jornalistas, cantores, todo mundo escreve livro — e é ótimo que assim seja —, parece que só Paulo Coelho não pode escrever. "Não é literatura", dizem, com a mesma cara que a vendedora me fez. Como se isso é que incomodasse e não os 20 milhões de livros que ele vende em todo mundo, inclusive na terra de Descartes.

Durante duas tardes no Salão, ele autografou 3.600 exemplares, em mais de seis horas. Vi velhos, jovens, adolescentes, gente bem vestida, gente malvestida, muitos carregando quatro exemplares na mão. Alguns estavam ali há mais de três horas.

Numa outra noite, ele foi homenageado por 700 pessoas — a maioria de estrangeiros — no Caroussel do Louvre, ou seja, à sombra de um dos mais sagrados templos da cultura do mundo. Andando por aqueles monumentais espaços, passando pelo fosso de Carlos V, vendo as ruínas do muro de pedras que cercava Paris, quando o Brasil ainda estava sendo descoberto, era impossível não se escandalizar. Todo aquele patrimônio estava reverenciando "Coelhô". Mas no Brasil ainda se resiste em aceitá-lo.

Ninguém está exigindo, nem ele, que se goste do que escreve. O problema é que a oposição não está interessada em entender o fenômeno Paulo Coelho, mas em desqualificá-lo: "Não é literatura." Se não é, talvez valha a pena saber o que é.

Parodiando Florestan Fernandes: nosso maior preconceito é o de não ter preconceito. Nada como uma boa distância crítica para se observar virtudes e defeitos. Como em toda paixão, vê melhor quem vê de longe.

A melhor lição vem da derrota

Depois de coordenar quase sete horas de debates tendo como tema 1968, como debatedores uns dez personagens da época e como assistência uma platéia predominantemente jovem, chega-se à saudável conclusão de que se pode olhar para o passado sem nostalgia e fazer da experiência de uma geração, não um exemplo, mas uma lição, como recomendava Mário de Andrade.

O tema era 68, mas a preocupação maior durante as três noites de discussão foi o Brasil de agora. Ninguém se iludiu: aquela garotada se deslocou para lá às centenas atrás não de informações arqueológicas, mas de opiniões e respostas que ajudassem a entender o país de hoje.

Pela quantidade e variedade do que foi dito, é muito difícil oferecer uma síntese. Prefiro então me ater às impressões mais gerais. E a primeira era de que eu estava em outro país, ou seja, longe do país oficial — aquele para o qual a gente tem vontade de se mudar quando ouve o discurso presidencial dizendo que está tudo dando certo, a ponto de se querer repetir a dose.

Ali no Espaço Unibanco, não. Ouvi jovens insatisfeitos, indignados e, o que é pior, descrentes e céticos: em relação ao governo, à oposição, à imprensa, à justiça, à política e até à democracia. "Que democracia?", eles se espantam. "Com ditadura econômica? Com controle da mídia? Com censura do mercado?" Não estão mais com paciência de ouvir a gente dizer: "Antes era pior, agora pelo menos se sabe, etc., etc." Não adianta.

E aqueles ainda estavam lá reclamando. "Você precisa ver os outros, os que não vêm", me disse uma vestibulanda. Quando ela convidou seus colegas de turma, eles responderam: "Você tá maluca? Ouvir gente falando?". Simplesmente não queriam ouvir falar — fosse do que fosse. Não estão descrentes apenas das instituições, mas também da palavra. E, de certa maneira, quem não está?

Há evidentemente uma crítica presa na garganta e uma vontade reprimida no ar, mas não porque uma censura impeça sua expressão e sim porque eles acham que não vale a pena: a alma do país está muito pequena. "Que que adianta?", é uma espécie de bordão.

O presidente precisava ter visto, até porque historicamente ele é da geração de 68. Sei que não foi convidado e, se fosse, imagina, não iria, principalmente em meio à euforia de uma semana em que comemorou mais um triunfo em sua corrida rumo à reeleição, conquistando com tanto denodo a adesão do PMDB.

Ali, entre os jovens, ele não ia conseguir apoio facilmente, nem oferecendo cargos. Os sons da sala iriam ferir os seus ouvidos tão desacostumados à dissonância nessa nossa época de discurso único, aceitação passiva e consenso, ou de "pós-tudo", como ele gosta de chamar.

Um dos mais aplaudidos das três noites de "Memórias da subversão" foi Cesinha (César Benjamim), por seu discurso de fidelidade radical ao que 68 teve de melhor. Ele condenou o fatalismo e a resignação dos que acham que não há alternativas fora do que está aí.

"Sempre há alternativas", disse Cesinha. "Nenhuma ordem totalizante impede que o campo das possibilidades seja maior do que o que está sendo realizado. O que ela consegue, em certos momentos, é impedir que se pense a possibilidade de alternativas."

Ao defender valores como ética, ousadia, honestidade, paixão, fraternidade e anticinismo pós-moderno, Cesinha ensinou que nesses tempos de mediocridade, de culto do triunfo e do sucesso a qualquer preço, de adesão total, a melhor lição pode vir da derrota.

Ele arrancou muitos risos e aplausos quando lembrou a velha imagem do Jeca Tatu dizendo que "nada muda" e o intelectual indo a ele para convencê-lo do contrário. "Hoje, o trabalhador rural é que tenta convencer que pode mudar; o intelectual, em tom chique e erudito, é que diz que 'não tem jeito'. A universidade brasileira está cheia de Jecas Tatus."

A garotada gostou. Quando se desafina o coro dos contentes, eles ouvem. Quem não ouve e não gosta é o Planalto.

Brasileiro não gosta da realidade, gosta de símbolos

Tanto quanto as 101 medalhas que os atletas brasileiros trouxeram de Winnipeg, impressionou o número de bandeiras nacionais que foram levadas para lá — e empunhadas, desfraldadas, enroladas no corpo dos atletas, balançadas pelos torcedores nas arquibancadas, agitadas em todos os lugares e até pintadas nas unhas dos dedos das mãos, como fez a nossa musa do Pan-Americano, Maurren Higa, quando conquistou o ouro de salto em distância.

A julgar por isso e pelo que os torcedores fazem nos estádios, pintando a bandeira no rosto, colando adesivos na pele, o brasileiro pode não estar satisfeito com os políticos, com o governo, com o rumo da economia, com o custo de vida, mas está de bem com os símbolos augustos da pátria. Pode não gostar da realidade, mas adora sua representação simbólica. Ele se identifica até com uma bandeira complexa como a nossa, que contém várias formas geométricas (retângulo, losângulo, círculo, curva e ângulos) e mistura harmoniosamente cores incongruentes, assim como o país misturou diversos povos, raças e etnias.

E mais: é capaz de cantar um hino de letra enorme, de complicada execução musical, meio incompreensível e difícil de decorar, com palavras que nem sempre se sabe o que significam, como: penhor, clava forte, raios fúlgidos, raio vívido, impávido colosso, florão da América, terra mais garrida, o lábaro que ostentas estrelado, verde-louro desta flâmula.

Na semana em que o presidente reclamou com razão que o país não tem representatividade política e nem sindical para uma classe média que está surgindo com novos anseios e reivindicações, um país cujo povo não crê em suas instituições, desconfia da honestidade de seus dirigentes, um país desencantado e descrente — pois bem, esse país se sentiu representado no Canadá.

Jovens mais ou menos desconhecidos, alguns muito pobres, outros dos quais nunca se ouviu falar, a maioria sem apoio, patrocínio ou incentivo do governo, encheram o povo de orgulho nacional, o que não é fácil nesses tempos de auto-estima no pé. Definitivamente, não há crise de representatividade quando se trata de Daiane, Claudinei, Eronildes, Xuxa, Gustavo, Chana & cia.

Durante a ditadura militar, houve uma luta pelos símbolos, mitos, heróis nacionais e um gigantesco esforço oficial para impor ao país uma consciência cívica através do ufanismo e que se traduzisse pelo uso de representações simbólicas. O uso acabou acontecendo espontaneamente. Um dos fenômenos mais visíveis de todo o período pós-ditadura, até hoje, foi como o povão se apropriou da bandeira — dessacralizando-a, desreverenciando-a e dando-lhe um significado que não tem nada a ver com a visão oficial.

Num magnífico livro sobre o imaginário da república no Brasil — *A formação das almas* — o historiador José Murilo de Carvalho já mostrou como o arsenal de símbolos, signos, mitos, alegorias, tem sido importante na criação da identidade nacional. Daí a verdadeira batalha em torno da bandeira e do hino, ou seja, pelo imaginário popular, que houve logo depois da proclamação da República. "É por meio do imaginário que se podem atingir não só a cabeça mas, de modo especial, o coração, isto é, as aspirações, os medos, as esperanças de um povo", explica José Murilo.

Fábio Sabag, um dos muitos leitores que escreveram aos jornais comemorando o feito de nossos atletas olímpicos disse: "Que país maravilhoso seria o Brasil se nossos políticos tivessem a dignidade, o respeito à bandeira e o amor à pátria que têm nossos desportistas." Talvez nem precisassem fazer tudo isso. Bastaria que cumprissem o dever cívico de ouvir do povo heróico e sofrido o brado retumbante.

4 | O atribulado mundo dos seres urbanos

A cultura da bandalha e outras licenças éticas. Delícias e mazelas do Rio, maravilhoso cartão-postal do êxtase e do terror, "purgatório da beleza e do caos". E se o Brasil fosse feito só de baianos e mineiros?

As lições que os gringos nos deixaram

A visita do pessoal do Comitê Olímpico Internacional deixou pelo menos uma lição para a cidade e seus dirigentes: é melhor ser franco que fingido. Aqueles que confundem crítica com oposição, que gostam de tapar o sol com a peneira, devem ter aprendido. Se chegarmos à final ou às finais, será por causa do que mostramos, não pelo que escondemos.

Quem primeiro percebeu isso foi, pra variar, Betinho. Ele saiu da cama carregando seus atuais 37 quilos para "jogar m... no ventilador", como confessou, na véspera da chegada dos juízes olímpicos. Houve pânico. Ouvi muita gente dizer: "Pronto, Betinho derrubou nossa candidatura!".

De fato, ele estava exagerando quando disse: "Se querem carnaval é melhor ir para a Bahia." Ninguém da organização, muito menos Ronaldo Cezar Coelho, estava pensando apenas em oba, oba. Mas Betinho descobriu que era preciso radicalizar e só quem se acostumou a correr risco de vida diariamente, como ele, seria capaz de arriscar tanto.

"Betinho pode ter botado tudo a perder", disse Rubem César chegando à minha casa ainda atordoado com a decisão de seu velho amigo, cuja audácia ainda consegue surpreendê-lo. "Dessa vez ele arriscou demais."

Não dá para explicar aqui os detalhes, mas imagine alguém exaltando as vantagens de um produto e um vendedor com o prestígio do Betinho bancando o espírito de porco: "Não é bem assim. O produto está cheio de defeitos. Só será bom se resolver seus problemas."

Acostumados a só ouvir samba-exaltação, os ouvidos dos juízes curiosamente vibraram com esses acordes dissonantes que, na verdade, rimavam com a inflexão mais democrática que eles mesmos queriam dar às Olimpíadas. Até no mundo olímpico a questão social virou moda.

Eu estava na reunião em que Betinho lançou a sua "agenda social". Sua proposta era que o Rio se comprometesse a resolver até 2004 cinco problemas: todas as crianças teriam escolas de qualidade. Todas teriam igualmente boa alimentação. O esporte seria um direito de todos. Nenhuma família e nem seus filhos menores viveriam nas ruas. Todas as favelas seriam urbanizadas e integradas. Só isso. Em respeito, ninguém disse o que pelo menos eu pensei: "O Betinho tá maluco." Esqueci que ele sempre propõe o impossível para obrigar a fazer o possível.

Podemos não ganhar, mas produzimos um fim de semana inesquecível. No domingo à noite, fui ver o concerto da Lagoa. Na hora do almoço, tinha ido à casa da Benedita, onde a mistura social, étnica e política sugeria uma gostosa feijoada cultural. Depois vi Copacabana transformada em estádio olímpico. Na véspera, quando entrei nos salões do Palácio do Itamarati, que nunca havia freqüentado, me senti em Versailles, onde, aliás, nunca entrei também.

Era um astral olímpico e olimpiano. Aquele ali passando com seu prato de comida na mão, simples mortal, parece o presidente. É, mas pode chamá-lo de príncipe ou de monarca. Ele acaba de seduzir mais um, o alemão do COI, fazendo o que gosta: dar aula de Brasil a estrangeiro.

E aquela senhora simpática dizendo que detesta viagens oficiais como a que vai fazer no dia seguinte? É a primeira-dama, mas não a trate como tal. Antropóloga, prefere programa de índio. E aquele gordo bonachão que olha para cada detalhe do salão como se estivesse examinando um projeto? Esse tem sobrenome nobre, mas também não passa de plebeu, é o novo prefeito. Ao lado do governador!? E o anfitrião feliz que abraça todo mundo? É o Ronaldo Cezar dando lição de grandeza: afagando mãos que o apedrejaram.

Não digo que não tenha sido divertido jantar no Itamarati. Mas a apoteose mesmo foi a noite da Lagoa. Nem tanto a multidão cantando *Cidade Maravilhosa*, porque com lua cheia e orquestra sinfônica até os postes bêbados de Ipanema cantam e dançam. Claro que foi comovente aquele fervor místico pela cidade. Mas o que me arrepiou foi a liturgia quase religiosa, quando o apresentador anunciou a presença dos representantes do COI. As mãos se levantando e batendo palmas sobre as cabeças. As pessoas se voltando ao mesmo tempo para as tendas onde estavam os convidados, aplaudindo e, em coro, declamando: "Ri-o, Ri-o, Rio." Os nossos visitantes devem ter achado que levamos um ano ensaiando aquela coreografia.

Soube-se que a cerimônia os impressionou demais, tanto quanto a atitude de Betinho. Talvez porque as duas eram manifestações francas e verdadeiras de uma cidade que gosta de escancarar suas virtudes e seus defeitos.

"Meu país é meu patrão"

Ainda bem que a arte de um país em crise não é necessariamente uma arte em crise, ainda bem que temos a cultura, ainda bem que quando tudo parece perdido na economia e na política, surge *Central do Brasil*, por exemplo. Não aquela vergonha de ganhar o primeiro lugar em concentração de renda, de ser campeão obsceno de desigualdade social, de conquistar o Oscar da iniqüidade e da miséria.

Agora é um feito redentor, é Fernanda Montenegro, nossa deusa, a primeira atriz latino-americana a ser indicada para o Oscar na categoria de melhor atriz.

E surge a seguir o carnaval, o desfile das escolas de samba, a genialidade popular, a invenção coletiva, a criatividade anônima, para confirmar que este país será salvo não pelas artimanhas de seus políticos, nem pelos artifícios de seus economistas, mas pela arte de seu povo, incluindo aí todas as artes: do futebol ao samba, do gol-elástico de Romário às geniais bolações de Joãosinho Trinta.

Poucos países podem exibir em duas noites e duas madrugadas tantos momentos de emoção e tanta excelência estética. Foram muitos, mas o preferido do público (o júri, para variar, contrariou a vontade popular) foi o magnífico desfile da Mocidade de Renato Lage. Villa-Lobos finalmente teve a consagração do povo que ele, clássico, tão bem representou.

A partir de agora e até mesmo antes do filme de Zelito Viana, o nosso maestro-mor tem uma nova cara. Ensandecido, possuído pelo espírito que vai encarnar nas telas e à frente de uma orquestra de verdade, Marcos "Villa-Lobos" Palmeira regeu a massa, levantou as arquibancadas e arrepiou a Sapucaí inteira. Emocionante.

E a comovente comissão de frente da Mangueira? E o irresistível samba da Beija-Flor? E Joãosinho Trinta, acenando para o público com o braço esquerdo, o único que ainda se move, e recebendo a consagração como maior carnavalesco do país? E a sua Viradouros, começando soturna, meio gótica, para em seguida clarear, como o enredo, e fazer um dos melhores desfiles já vistos na Sapucaí, disputando com a Mocidade em perfeição dos carros, desenvolvimento do enredo, luxo, empolgação e beleza?

Quem foi viu isso e muito mais, os espetáculos à parte, as manifestações de liturgia mágica, como a parada total, súbita, quase mortal da bateria de Mestre Ciça, da Viradouros, e de Mestre Jorjão, da Mocidade, abolindo leis e convenções, suspendendo de repente todos os sinais vitais da percussão, e aquele silêncio tenso, nervoso, perturbador, durante uma eternidade, só as vozes cantando, o fio da navalha, o arrojo da experimentação, a exploração dos limites, a ameaça do desastre, o risco do fiasco, a audácia de pôr tudo a perder, "Não vai dar", "Vai atravessar", e de novo a retomada das batidas, do ritmo, como um retorno à vida, o alívio e a explosão das arquibancadas.

Há os que falam em decadência das escolas e em "mesmice" dos desfiles, esquecendo-se de que se pode dizer o mesmo do futebol, da ópera e das obras-primas em geral, que são sempre as mesmas, a se repetirem e repetirem a emoção que despertam. Vai dizer ao povão sentado lá em cima, ou às vezes nem isso, mas lá atrás, em cima da ponte, para ver uma nesga do desfile, vai dizer a ele que Mangueira e Portela são a mesma coisa e que os sons das baterias são iguais.

Para mim, que não entendo, só gosto, foi um dos mais bonitos desfiles a que assisti nesses mais de 30 anos de espectador do maior espetáculo da Terra.

E se já não houvesse emoções demais, se já não tivesse valido por tudo o que mostrou, o desfile deste ano teria valido por um momento "político", por uma "mensagem" de civismo.

Foi na primeira noite, quando a União da Ilha, a segunda a desfilar, entrou com o enredo "Barbosa Lima, 102 anos de sobrinho do Brasil", sobre o velho sábio de nossa tribo, a dos jornalistas. Por sua coragem cívica e resistência cidadã, Dr. Barbosa é o nosso maior destaque, que sempre esteve na comissão de frente das grandes causas nacionais: é daqueles brasileiros que, como diz o samba, libertam o nosso nó da garganta.

Quando a arquibancada cantou empolgada o refrão, um delírio carnavalesco tomou conta da gente, sonhando com FH fantasiado de Dr. Barbosa, dando um soco na mesa e dizendo: "Agora chega, Mister Fisher." E mandando dizer ao FMI, para todo mundo ouvir:

"Sou cabra da peste,

Meu país é meu patrão."

Sei que é difícil imaginar a cena, até porque esse não é o enredo preferido do presidente, e vice-versa, assim como o Brasil de *Central* não é o país que ele gostaria de ver brilhar lá fora. Mas afinal era carnaval, tempo de fantasias.

No final da cidade, um ponto de exclamação

"Assim é fácil", disse o presidente Fernando Henrique antes de dar a primeira garfada no seu barreado, um prato típico do Paraná, indigesto e delicioso como uma feijoada. O presidente estava se referindo ao sucesso de Curitiba, cidade que, segundo ele, havia atingido facilmente a felicidade urbana porque tem como ex-prefeito Jaime Lerner e como prefeito Rafael Greca.

O almoço comemorava o Dia Mundial do Meio Ambiente e era como se a ONU tivesse se transferido para o Museu Botânico. Todo o mundo estava lá — e eu também, me achando importante só porque durante três dias havia funcionado como *moderador* do *work-shop* que discutira "O lugar em que vivemos".

Dito assim, a figura do moderador impressiona. Sugere que ele está ali para arbitrar altas divergências na esfera do pensamento. Na realidade, não tem a menor importância. Funciona mais para impedir que baixe sobre um debate público um eventual e incômodo silêncio. É o sujeito que nesses momentos deve estar atento para introduzir um providencial "mas o senhor não acha..."? Pronto, e volta à sua insignificância. Só não pode é cochilar durante os debates.

Como me saí bem, isto é, não cochilei, estava ali agora sentado a três metros da mesa presidencial. Nunca tinha visto assim tão de perto um presidente comendo. Comendo é maneira de dizer, porque quase não conseguiu afastar da boca os microfones para introduzir algumas garfadas. Se não saiu com fome é porque, como se sabe, o poder é nutriente, além de afrodisíaco. Quando não eram os jornalistas, eram os outros chatos.

Você não faz idéia, leitor plebeu que jamais freqüentou a Corte, do que as pessoas são capazes para chegar perto do presidente — para fingir que estão sendo reconhecidos, para desviar para si um vago sorriso imperial que passava em direção a outro felizardo, para se colocar como alvo na trajetória de um olhar distraído ou para meter o nariz, o cabelo, a mão, qualquer pedaço do corpo em uma das fotos presidenciais.

Todos viram Juruna e Raoni fazerem isso de maneira escancarada. Aliás, não há nada mais patético do que a presença desses índios nesses fóruns. É deprimente. Lembra aquelas exibições de mulher barbada em circo do interior. Fazem denúncias, sensibilizam a má consciência dos colonizadores estrangeiros e, quando há europeu na platéia então, o sucesso é garantido (dessa vez, um lorde inglês prometeu levar Raoni para passar uma temporada no seu castelo; um brasileiro maldoso estimulou: "Leva sim, o senhor vai adorar").

Mas o pior foram os caras-pálidas, que fizeram o mesmo que Juruna e Raoni, sorrateiramente. Vi cônsules brigarem com as recepcionistas por causa de uma mesa "mais perto"; soube de políticos molhando a mão de garçom para "melhorar" os seus lugares; fingi não ver cavalheiros e damas darem-se cotoveladas para ficarem mais próximos do presidente. Um vexame.

Devo ter passado umas 30 horas *moderando* prefeitos, ministros, secretários, arquitetos, urbanistas e ambientalistas do mundo todo num seminário que debateu a casa, a rua, o bairro e a cidade. No final saí convencido de que a salvação do mundo começa pelas cidades. Mais fortes do que os poderes universais são os poderes locais — poderia ser o *slogan*. Curioso. Na era da globalização, da aldeia global, vivemos esse paradoxo: a província é que está com a bola toda.

Daí a importância de Curitiba. Voltei impressionado com o deslumbramento que a "capital ecológica" provoca nos gringos — na mídia e nos especialistas. É uma unanimidade que chega a meter medo, aquele medo supersticioso que dá vontade de pedir: "Não fala mais não pra não estragar."

Dos prefeitos latino-americanos a um urbanista como o americano Allan Jacobs; do autor de *Tudo que é sólido desmancha no ar*, Marshall Berman, ao secretário-geral do Habitat II, Wally N'Dow, só ouvi declarações de amor e êxtase.

No meio das celebrações, Rafael Greca e Jaime Lerner procuravam acalmar um pouco os ânimos jubilatórios, chamando a atenção para o risco de Curitiba ser idealizada como um paraíso. "Curitiba não é um modelo, é uma referência", advertiu o governador. É verdade. Modelo mesmo talvez seja a maneira como esses governantes se relacionam com o povo e a cidade — uma relação quase erótica: de amor e prazer, mas também de respeito e reverência. Isso é o que mais surpreende, os daqui e os de fora. Como disse o secretário Wally N'Dow: "O mundo pronuncia Curitiba sempre com um ponto de exclamação no final."

O que Nova York tem a ver com o Rio

A volta de uma viagem de férias ao exterior pode fazer a gente se sentir chegando ao melhor e ao pior lugar do mundo. "Que bom voltar!" se alterna com o "Que bom ter ido!", misturando emoções contraditórias, como na bagagem se misturam a roupa suja e a roupa nova. São dois choques culturais: um ao chegar lá e outro ao chegar aqui.

É um misto de reconciliação e recusa. De um lado, o prazer dos reencontros — até a comida fica melhor, sem falar na temperatura amena e na paisagem. A gente vê coisas que antes, de tanto olhar, não via mais. Entendo por que Fernando Henrique, entre uma viagem e outra ao estrangeiro, fica tão bem-humorado quando chega ao Rio.

Visualmente, poucos lugares recebem tão bem. Sair do túnel e assistir àquela explosão de luz na Lagoa, num dia como esses de junho, é uma das visões mais esplendorosas do mundo. E não é a única, como se sabe. De avião se diz que Nova York é cubista e Paris é impressionista. Se é assim, o Rio, com suas curvas e recortes sinuosos, seria barroco puro.

Mas há também o lado podre da chegada. Há o trânsito infernal, a tensão, a leitura dos jornais, as más notícias coletivas: as tragédias, os abusos, os absurdos, a negligência e a certeza de se estar chegando a uma terra linda e sem-vergonha.

Uma vez, depois de uma ausência prolongada, Rubem Braga disse que a única novidade que tinha encontrado na volta era "o Hollywood com filtro". Hoje, o país não corre mais o risco de morrer de tédio. Pode-se acusá-lo de tudo, menos de monotonia. Há sempre uma surpresa,.

Por exemplo: um mês atrás crescia o número de pessoas pedindo o fechamento do Congresso. Volta-se e encontra-se o Congresso pedindo o fechamento da imprensa. Se alguém lá fora tivesse me perguntado pelo Kandir, eu responderia que se tratava de um político desaparecido com a era Collor. Volto e me dizem que ele é ministro. A Zélia deve ter rido e o Ibrahim deve ter levado *uma* susto! Afinal, por que não eles?

E o Rio? Vai explicar a um leigo que essa baixaria entre o governador e o prefeito é para formar uma aliança.

Durante muito tempo, a cada uma que o país aprontava, dizia-se que ele era "surrealista" — e isso dispensava explicação. Hoje se sabe que há uma lógica nos nossos absurdos. Eles não são gratuitos, tem sempre alguém ganhando com eles. O dono da clínica Santa Genoveva não é apenas um sem-vergonha, como acha o presidente. Há sem-vergonhas que não fazem mal a ninguém. Também não se trata de um sádico que mata velhinho por prazer. É simples: ele mata por dinheiro.

Deve haver outros países onde se exterminam crianças, assassinam-se pessoas com doenças renais e matam-se idosos. Mas não sei se em algum fica-se discutindo tanto tempo para saber se o matadouro deve ser fechado e se os criminosos devem ser afastados. Substitui-se o rito sumário pelo debate.

Do escândalo de Caruaru não ouvi falar, não porque, presumo, tivesse havido punição exemplar, com os culpados na cadeia, mas porque surgiu a Santa Genoveva, assim como depois da chacina da Candelária veio a de Vigário Geral, e assim por diante. Um escândalo anula o outro.

Em Nova York, o colunista da *Folha*, Gilberto Dimenstein, me chamou a atenção: "Você já reparou como quase não há governo na primeira página do *NY Times*?". É o contrário daqui, onde os principais personagens são em geral o presidente, governadores e ministros. Será simples preferência jornalística ou sintoma da onipresença do Estado?

Nos EUA, a presença da sociedade está também nas ruas, onde os direitos e deveres da cidadania são um rotina, não uma utopia. Os símbolos governam a cidade. Respeitam-se os sinais de trânsito como se obedece à lei.

Quando se pergunta aos brasileiros residentes o que mais os impressiona, Nelsinho Motta responde logo: "Atravessar a rua sem olhar para os lados." Quem já morou no Rio, como ele, sabe quanto vale poder andar sem perigo, estresse ou medo.

Para Gerald Thomas, um carioca-nova-iorquino que conhece os recônditos da cidade, onde mora há mais de 20 de seus 41 anos (há oito trocou Manhattan pelo Brooklyn), o que mais fascina é que tudo ali foi "obra exclusiva da criação humana". O homem teve que inventar, criar, e quase sempre fez isso bem, ao contrário do Rio, onde em geral estragou o projeto original, por sinal, divino.

Todos esses brasileiros se sentem vivendo uma experiência multicultural única, num "laboratório racial" ou numa "torre de Babel pacífica". É como se uma espécie de contrato social não escrito avisasse que, diante de tantas diferenças étnicas e culturais, diante de tantas línguas e costumes diversos, diante de tantas tensões, a solução inevitável fosse o que uma autora chamou de "tolerância obrigatória". Se não há hegemonia nem predominância, se uma cultura sabe que não pode dominar a outra, que remédio senão a convivência?

Dimenstein acha que "NY é a São Paulo que deu certo". O ideal é que se pudesse dizer que NY é o Rio quando der certo.

Sobre uma obsessão carioca: o paulista

Pela quarta vez na vida, trabalho numa revista com sede em São Paulo, o que significa que devo gostar muito de revistas ou de São Paulo. Ou dos dois. Primeiro foi *Visão*, depois *Veja*, em seguida *IstoÉ* e agora *Época*. Como podem perceber, sigo a tendência do mercado, sou um coroa sintonizado com — desculpem o trocadilho — minha época.

Reparem que tive o cuidado de escrever "revista com sede em São Paulo" e não paulista, para evitar mal-entendido, porque há sempre um subtexto irônico quando um carioca pronuncia a palavra paulista. Os cariocas adoram implicar com os habitantes dessa "estranha cidade ao sul do Equador", como se diz aqui neste "balneário decadente".

Todo esforço do humor carioca, o bom e o duvidoso, tem sido para transformar o patronímico "paulista" num adjetivo engraçado. O *Pasquim*, Nelson Rodrigues, Vinícius de Moraes, todos cometeram piadas com o tema, algumas infames. Atribui-se a Nelson a mais impiedosa — "A pior solidão é a companhia de um paulista" — e a Vinícius a mais pitoresca: "O problema de São Paulo é que a gente anda, anda e nunca chega a Ipanema."

Hoje, a rivalidade Rio x São Paulo está meio ultrapassada, a não ser no futebol, e a moda das piadas também. Mas da nova safra há pelo menos uma divertida, do Bussunda. Uma repórter lhe perguntou qual o lugar mais esquisito onde fizera amor. Ele poderia ter dito "No banheiro de um avião", como alguém respondeu, ou então "Debaixo de uma escada", como disse outro. A resposta do humorista carioca foi: "São Paulo."

Temos a mania de achar que, por estarmos à beira mar plantados, debruçados sobre um porto por onde chega o mundo, formamos o povo mais cosmopolita do Brasil, mas esquecemos que somos mais bairristas que os paulistas. Quando vou a São Paulo me divirto em falar mal da cidade com meus amigos e eles suportam a brincadeira com o *fair play* de um nova-iorquino. Agora, experimente fazer piada contra o Rio com carioca.

Em compensação, somos mais francos e extrovertidos. Vivemos numa cidade escancarada e solar. Nossa violência não é maior, mas talvez seja mais visível. Mesmo de avião custo a ver as favelas paulistas e sei que são em maior número que as do Rio. Já as nossas estão no coração da cidade, exibidas no peito como uma medalha: cada bairro tem a sua pendurada. Aqui a periferia fica no centro; em São Paulo, a periferia fica na periferia.

A coluna é sobre o Rio e o colunista continua falando de São Paulo. Mania do imaginário carioca que não pode passar sem essa referência. Mas não confundam isso com hostilidade. Conflito mesmo só com Brasília. A velha e a nova Corte nunca se deram muito bem, e o Rio sempre atraiu a má vontade da União. Em alguns casos, como nos anos 60, as divergências entre o governador Carlos Lacerda e o presidente João Goulart chegaram a alimentar um golpe militar, o de 64.

Daí a nossa ansiedade pelo novo capítulo que vem por aí. Estamos começando um governo e não sabemos como vai se comportar o nosso governador. Já se sabe que, quando crescer, Garotinho quer ser presidente da República e, pelo jeito, já começou a campanha, apresentando-se como uma esperta alternativa de oposição — nem tão ideológica quanto Olívio Dutra, nem tão idiossincrática quando Itamar.

Mas é cedo para dizer até onde vai seu fôlego político, tendo em vista um estado que nos últimos anos só acumulou problemas, decepções e dívidas. Por enquanto, parodiando o outro, que parodiou Churchill, ele só tem a oferecer, além da disposição, samba, suor e cerveja. Pelo menos nesse clima pré-carnavalesco.

Cenas de uma cidade partida

O telefone toca às oito horas da manhã:
— Aqui é Vera, da Casa da Paz. A polícia levou o filho da Penha.
— Por quê? Para onde?
— Ninguém sabe. Quando ela perguntou, o policial disse: "Não é da sua conta."
— Ele tem alguma ligação com os *homens*?
— Nenhuma, ponho a mão no fogo. É trabalhador, servente aqui na obra.

Vera foi a única sobrevivente da família de nove evangélicos executados em 1993, na chacina de Vigário Geral, que fez ao todo 21 vítimas. É uma mulher forte, terna e corajosa. Dá a impressão de ter transformado todos os sustos, temores e sofrimentos em serenidade. Não dramatiza, não exagera. Já assistiu a incontáveis tiroteios entre bandidos e policiais.

Ligo pra Carlota, chefe de reportagem do *Jornal do Brasil*, ela ouve a denúncia, diz que vai telefonar para o Hélio Luz, e já começa a apuração, fazendo aquelas perguntas chatas que o bom repórter faz:
— Mas foi mesmo a polícia? Quem garante que não foi traficante? O policial se identificou? Havia algum carro?

Conto o que sei baseado nas informações de Vera e na história daquele espaço que, desde a sua transformação de *casa da chacina* em Casa da Paz, já foi invadido umas quatro vezes pela polícia e nenhuma pelos traficantes. Não que eles sejam bonzinhos ou tenham alguma preocupação cultural. Não. Mas eles têm o que mal ou bem se pode chamar de código, ou seja: convencionaram que naquele espaço, onde os filhos de alguns estudam, eles não entram.

Algum tempo depois, Carlota volta a telefonar, informando que Hélio Luz já havia tomado providências. O jovem LGS fora localizado, estava detido na 20ª DP para "averiguações". Contra ele havia uma denúncia anônima. Naquela manhã falei com umas cinco pessoas, trocando uns dez telefonemas.

Ao meio-dia e meia, a notícia: LGS tinha sido finalmente solto. Nada se provara contra ele. Era inocente. Respiramos aliviados. Tão aliviados que talvez não nos tenha ocorrido que aquela prisão era uma violência, uma ação ilegal e anticonstitucional — uma rotina nas favelas cariocas.

Enquanto aguardava os telefonemas, eu ia lendo o jornal: Vera Fisher ia voltar para passar o *réveillon* em casa; Edmundo estava se aprontando para ir para o Corinthians e o selvagem do Hipopótamos passaria as festas de fim de ano em Búzios. Nenhum deles permaneceu detido nem um terço das quase cinco horas que LGS passou na 20ª DP — sem culpa formada, sem flagrante e sem ter feito nada do que os outros três eram acusados. Não agrediu com tesoura, não provocou acidente matando três jovens e nem espancou ninguém até quase a morte. LGS fora vítima de um engano.

Essa banal cena carioca, típica de uma cidade onde há cidadãos de segunda classe, tem a ver com o que se passou dois dias depois no *réveillon*.

São três horas da madrugada do primeiro dia do ano, e o ônibus entupido se arrasta pela rua Barata Ribeiro, preso num enorme engarrafamento de veículos e pessoas que tentavam voltar para casa depois da festa.

De vez em quando passava um ônibus, superlotado, sem parar. Havia gente esperando há mais de uma hora. O nosso ia até o Posto 6. De lá até Ipanema a pé, tudo bem. Mas, e quem ia para o Vidigal e a Rocinha, como aquele grupo de senhoras? Uma delas, gorda, toda de branco, sendo jogada para a frente e para trás, conforme as freadas, disse: "Não volto mais. Essa festa agora é pra rico, pra quem tem carro."

Pouco antes, eu vira outra cena de desconforto: uma fila interminável na porta de um bar. Eram senhoras, casais, velhos, crianças, visivelmente *apertados* atrás de um banheiro, à espera de um alívio que sabe Deus quando ia chegar.

A mulher gorda parecia ter razão: os organizadores se apropriaram da festa de Iemanjá, gastaram quase R$ 2 milhões, pagaram cachês milionários para um *show* que não se ouviu e mal se viu, mas não acharam necessário aumentar o número de ônibus, nem investir na montagem de banheiros públicos. Em entrevista, o presidente da Riotur explicou: "Acontece que o carioca não tem paciência para enfrentar filas." Irritado, ele acusou também a população de "falta de educação", porque depois de três, quatro horas, as pessoas estavam fazendo pipi nas árvores, obviamente para não fazer nas calças.

No fundo, os organizadores da festa de Iemanjá obedeceram a uma lógica parecida com a do policial lá de cima, o que prendeu LGS. As situações são distintas, mas a discriminação e o preconceito são os mesmos. Quando as autoridades podem usar o arbítrio para prender, fazer e acontecer, se sentem capazes também de determinar o resto, até que Paulinho da Viola vale três vezes menos do que seus colegas de palco. Logo Paulinho, que não discrimina, que come o feijão da Tia Vicentina com a mesma naturalidade com que passa o *réveillon* na casa de Zé Aparecido — e cuja obra sem preconceito é a mais legítima ponte cultural entre as duas cidades.

Os gaúchos estão com a bola toda

Depois de uma *overdose* de notícias sobre a República das Alagoas, desembarquei em Porto Alegre com a sensação de que saíra do fim do mundo para entrar no Primeiro. A chuvinha fina da noite, os oito graus e o papo do motorista não deixavam dúvida.

Ele me *vendia* a cidade com um entusiasmo de fazer inveja a qualquer carioca. Até o mau tempo era atenuado com uma promessa que excitava minha fantasia tropical: "Assim que parar a chuva, vai nevar na serra." Estava tão satisfeito que parecia ter sido ele, e não o estado, o premiado com a escolha de melhor qualidade de vida.

Há quem diga que o Rio Grande do Sul só conseguiu tantos pontos positivos porque os pesquisadores da ONU pararam antes na casa dos Verissimo para comer e beber — e acabaram achando que ali estava não uma amostragem, mas todo o universo concentrado da pesquisa.

É pura inveja dos outros estados. O motorista me explicou direitinho: a conquista gaúcha foi justa e se deveu à boa gestão dos governantes. O que mais surpreendia no papo era a forma com que ele elogiava tanto o prefeito, do PT, quanto o governador, do PMDB. Quando perguntou como era no Rio, eu disse que era também assim, só que ao contrário. O prefeito e o governador vivem se xingando, e o povo, xingando os dois. "Pior é em Alagoas", ele completou.

Concordei pensando na briga por telefone a que assistira na véspera. De um lado, um gaúcho; do outro, um alagoano. O pivô era Dora Kramer, a nossa valente repórter, que estava sob ameaça em Maceió.

Ao longo da História recente, a redação do *Jornal do Brasil* foi palco de alguns gestos de coragem cívica e até física. Mas não sei se chegou a haver um episódio tão divertido quanto o telefonema a que eu assisti entre Paulo Totti, um dos editores-executivos do jornal, e o deputado Augusto Farias. Nenhum dos dois falava em nome de instituições, mas era como se fosse. Totti, o gaúcho, representava a imprensa; Augusto Farias, o alagoano, representava o Legislativo. Como naquele dia o deputado já havia mandado recados desaforados e ameaçadores, o jornalista resolveu checar para ver se não se tratava de trote. Ligou então para Maceió e ouviu.

Farias: — Eu queria comunicar ao senhor que a Dora Kramer não pode continuar aqui; ela é *persona non grata* e deve ser substituída. O jornal pode mandar outro repórter que eu receberei até em minha casa, converso com ele, dou entrevista, mas ela não. Ela tem que sair.

Totti: — Eu queria comunicar ao senhor, deputado, que a repórter Dora Kramer é de nossa absoluta confiança e só será retirada daí quando a direção do jornal julgar conveniente.

Farias: — Se o senhor não acredita em mim, então vai tomar no..., seu filho da...

Totti: — Não adianta xingar, deputado, o senhor escolhe os seus pistoleiros e nós escolhemos os nossos repórteres.

Quase não foi preciso telefone para se ouvir os gritos que chegavam do lado de lá. Felizmente estávamos a uma distância que nenhum tiro alcançava.

Como se vê, os gaúchos estão impossíveis, aqui e lá. Agora, depois de conquistarem o título de detentores da melhor qualidade de vida, se preparam para disputar outro: o de capital do Mercosul, um título que nós, cariocas, julgávamos no papo.

Participei na semana passada do seminário "O periodismo cultural no Cone Sul", organizado pelo Instituto Estadual do Livro, pela UFRGS e pela *Zero Hora*. A começar pelo portunhol do título e pela presença de representantes da Argentina e do Uruguai, tudo ali já parecia fazer parte de um mercado comum de idéias.

Antes do Sudeste, cujo etnocentrismo só nos deixa olhar para o próprio umbigo, insinuando que não existe cultura que valha a pena fora do eixo Rio — São Paulo, o Sul já descobriu o continente e não acredita em integração econômica ou política sem integração cultural. O raciocínio é simples: se o mercado vai ser comum, não é difícil pressupor que deva haver, para além das fronteiras geográficas, o conhecimento recíproco de valores, gostos e mentalidades.

Os gaúchos são portadores de um alto teor de auto-suficiência e de amor-próprio, e não se envergonham de suas tradições e de seu regionalismo, o que é uma atitude cultural mais moderna do que se pensa. O processo de globalização não aboliu a tensão entre o universal e o particular, até porque não existe aquele sem este. Por mais planetário que seja, o mercado não prescinde das tradições culturais regionais.

Na volta, quando o avião estava descendo no Galeão, o comandante, muito animado, anunciou: "Estamos chegando à capital do fio dental." Os passageiros aplaudiram entusiasmados. Como a maioria era de gaúchos, achei que havia uma ironia complacente parecendo dizer: "Tudo bem: vocês ficam com o fio dental e nós com a qualidade de vida e o Mercosul."

Trinta anos depois, o baiano Gil continua com razão

Passar o carnaval aqui ainda é uma das boas coisas da vida, para quem mora ou para quem vem de fora. E às vezes nem é pela razão óbvia — ver "o maior espetáculo da Terra" —, embora haja quem o faça religiosamente, como eu, há mais de 30 anos. Cabe aí o advérbio, não tanto pela assiduidade, mas porque sou de um tempo em que o desfile das escolas de samba, se me permitem a heresia, tinha mais da liturgia cristã do que da pagã.

Passava-se 14 horas em pé ou sentado no asfalto quente (ir ao banheiro era perder o lugar, você escolhia), carregava-se o farnel com sanduíches e a cerveja às vezes choca, uma operação que lembrava o martírio de uma penitência. Mas valia a pena.

O sacrifício ainda existe injustamente para o povão, mas os camarotes especiais têm o conforto de um hotel cinco estrelas. É tanta e tão exagerada a mordomia que as pessoas às vezes vão lá, bebem, comem do bom e do melhor, ficam de pileque e sequer vêem o desfile. No ano passado vi um grupo de turistas nacionais cometer esse sacrilégio, enquanto passava a Mangueira com Chico Buarque de enredo. Com certeza, eles chegaram a suas cidades dizendo que a Portela desfilou melhor, sem terem visto nenhuma das duas.

Sei que já há em São Paulo boas escolas de samba, sei que há em muitas outras cidades filhotes da Beija Flor ou do Império — pois se existem escolas de samba hoje até na Suécia! —, mas não acredito que atinjam o nível de excelência estética, aquela perfeição visual de uma das grandes escolas cariocas.

E não adianta ver pela TV. É tão diferente que deviam organizar um desfile para ser transmitido e outro para ser assistido de perto, como uma ópera ou uma missa. Ao contrário do futebol, que às vezes fica melhor na TV, a dimensão épica dos desfiles não cabe na telinha. Os detalhes podem ser bonitos, mas a visão principal tem que ser gestáltica — o que impressiona, o que enche a vista, é o conjunto.

Mas, eu ia dizendo, o Rio nessa época é bom também para quem não quer saber de carnaval. Há muita gente que fica ou que vem só para pegar uma praia quase vazia, um restaurante com muitos garçons para servi-lo, um cinema sem fila, para andar a pé pelas ruas quase desertas, com a certeza de que não vai ser atropelado. Parece que até os assaltantes relaxam nesses dias.

A cidade atinge seu estado ideal, idílico, justamente pelo que perde de gente e de automóveis. As pessoas e os carros que saem — de um a dois milhões — mostram como todo o mal-estar urbano pós-moderno começa com a inchação demográfica. Em outros países ainda é possível, mas no Brasil uma metrópole com dez milhões de habitantes, ou mesmo cinco, atinge um nível de desconforto e entropia que está sempre beirando o caos.

Não por acaso, as cidades com melhor qualidade de vida — Porto Alegre, Niterói, Curitiba, Florianópolis (será que esqueci alguma?) — não ultrapassam a escala que se pode classificar de humana e suportável.

Claro que possibilidades de lazer esportivo e cultural existem também em outros lugares, mas duvido que se encontre uma variedade de divertimentos tão rica quanto a do Rio nessa época do ano: praias intermináveis, lagoas, restingas, cachoeiras, a maior floresta urbana do mundo, trilhas selvagens, rodas de samba, de pagode, as mais belas mulatas do Universo.

Apesar da violência e de outras mazelas, o Rio continua tão lindo (e gostoso) ou mais quanto em 1969, quando o baiano Gilberto Gil cantou a permanente continuidade de nossa beleza. De fato, ainda é um privilégio gozar o Rio de janeiro, fevereiro e março.

Uma beleza
para ser vista do alto

O avião para São Paulo acabara de decolar e o comandante resolveu pegar o litoral para fazer com certeza uma espécie de "rota do deslumbramento". Deve ter sido de propósito. Talvez ele tivesse percebido a fascinação da paisagem àquela hora. Interrompi a leitura dos jornais para ver o espetáculo.

Eu estava lendo o relato do fim do mundo — pelo menos do mundo financeiro. "A economia russa entra em colapso", dizia um jornal; "A crise da Rússia causa pânico", dizia outro. O rublo desvalorizado, bancos fechados, empresas falidas, o país se desintegrando, filas, o caos. O pior é que essa nação em desespero, moribunda, tem guardado em algum lugar mais de 20 mil ogivas nucleares. Pode morrer atirando.

Sou do tempo em que a subversão mundial era sempre atribuída ao "ouro de Moscou". Temia-se que o império soviético tomasse conta do planeta. A paranóia de direita e a ingenuidade de esquerda convergiam para a mesma conclusão: "O mundo marcha para o socialismo", dizia-se então. Os militares brasileiros deram um golpe cruento, torturaram, mataram, exilaram, para evitar o "perigo vermelho".

Agora a História ria ironicamente. O que não fora feito em 70 anos de comunismo estava sendo feito em sete de capitalismo: a Rússia finalmente punha em risco a estabilidade global. Não ia mais dominar pela força e pela opulência, como sempre se temeu; ameaçava, sim, pela escassez, arrastar todo mundo consigo para o buraco.

Lá fora, no horizonte, o que se oferecia era o oposto dessa atmosfera de apocalipse aqui de dentro. Parecia uma paisagem recém-criada, virgem, primal. Um espetáculo como há muito não via. O sol tinha se posto deixando um rastro de sangue ou de fogo que demarcava os limites entre o céu e o mar. Já não era mais dia e ainda não era noite. As pessoas colavam o rosto na janela e perdiam a fala ou ficavam repetindo exclamações: "Que beleza!", "Que cidade". Não havia dúvida, estávamos sobrevoando o paraíso.

Pouco antes, a caminho do Santos Dumont, eu passara pelo posto de gasolina da Lagoa onde o presidente da Sony levara cinco tiros. Saiu de carro, parou para tomar sorvete, foi rendido, não reagiu, mas não adiantou nada. Os bandidos atiraram assim mesmo.

É porque estava num carro importado, alegou-se, como se a pé a gente estivesse a salvo. Não está, ninguém está: a qualquer hora, em qualquer lugar. Eu, por exemplo, me disfarçava de pobre para andar no calçadão, mas agora, depois do elogio presidencial à pobreza, tenho medo de ser assaltado, não por me confundirem com algum rico, mas justamente por inveja à minha pobreza.

Mesmo vestido de professor, uma chegada até a esquina depois do jantar, um rápido e inocente passeio, uma volta no quarteirão, tudo pode ser fatal.

Solidário com a desgraça russa, não podia deixar de pensar também na nossa tragédia lá embaixo: graças aos nossos governantes, o Rio ameaça se tornar uma inútil paisagem. Essa cidade sensorial, tátil, que ao contrário de São Paulo e a exemplo de Paris convida ao contato físico, parece estar sendo condenada a ser vista apenas de cima ou de longe, a uma distância segura, como se fosse apenas um cartão-postal do terror e do êxtase. Como cantou Fernanda Abreu, a sua cidade-maravilha virou o "purgatório da beleza e do caos".

Praia, o nosso melhor lugar-comum

O repórter da rádio paulista quer saber como vai ser este verão, e liga não para o Serviço de Meteorologia, mas para mim, no dia em que entrou em vigor a nova estação. Pergunta se já está fazendo muito calor, como vai ser a moda, como serão os biquínis, quais os principais *points* e que dicas de restaurantes, passeios, bares eu daria a um turista.

Quer saber também como foram os outros, os que não voltam mais, qual o melhor, o mais emocionante, o inesquecível e, a propósito, "quantos verões" eu carrego nessa minha outonal carcaça.

Sei que é uma reportagem-mico, mas sinto pena da aflição do colega. Para não deixá-lo sem ter o que levar ao ar, vou respondendo, na medida do possível, com a ajuda da memória e do que tenho lido e do que tenho visto aqui nas areias de Ipanema.

A primeira coisa que me ocorre, e não sei nem se disse isso para ele, é que até na moda esses moribundos, quase finados anos 90, parecem ter vergonha de seus feitos e efeitos. Sem imaginação, eles resistem a enfrentar o futuro e preferem, como em tudo, a nostalgia e a cópia. Só assim se explica que se vá voltar a usar neste verão as tangas estilo anos

70 com tomara-que-caia dos anos 40/50. Tudo enfeitado por velhas miçangas, pode?

Além disso, e sem falar nos horrorosos sungões e bermudões, os biquínis vão cobrir mais áreas do corpo feminino. Como é contraditória a moda. Desnuda a mulher até o limite do possível, até a saturação, e depois, para obter mais sensualidade, passa a cobri-la de novo, aos poucos.

Alguns estilistas falam que o cáqui vai dominar o verão, mas outros mais sensatos argumentam com razão que o cáqui é na verdade a nossa cor de pele, não de roupa. Esse *ton-sur-ton* aqui não pega.

Com medo de cair naquele ridículo papo de velho saudosista — "Ah, não-se-fazem-mais-verões-como-os-de-antigamente" — não me detive muito nas recordações do memorável verão da virada de 67 para 68, nem daquele das dunas da Gal, nem o do fio dental ou o da inesquecível estação da abertura em fins dos 70/início dos 80: da anistia, da volta dos exilados, quando o país fez a travessia democrática, quando Gabeira arrasou com sua tanga lilás e quando os jovens, livres da ditadura, descobriram a liberdade de comportamento e inauguraram a amizade colorida.

Não dá para não dizer "Bons tempos aqueles pré-aids!". Esses, sim, dão saudades. Outro dia, conversando com jovens, me dei conta de que a geração de 17, 18 anos praticamente não sabe o que é sexo sem camisinha, pelo menos quando está a fim de segurança. A revolução sexual dos anos 60, quem diria, foi derrotada por uma peste tendo por símbolo o que, logo depois da pílula anticoncepcional, parecia tão anacrônico quanto uma galocha: a camisinha.

Mas não era isso o que o entrevistador paulista queria saber, e acho que nem vocês. Era que dicas eu tinha para dar. Do meu terraço eu via a areia coalhada de corpos dourados e o mar, manso, manso. Uma brisa amenizava os 40 graus que devia estar fazendo e lá no horizonte preparava-se a chuva que está se repetindo todas as tardes.

Pode ser que me engane, mas esse verão não vai ser igual ao outro que passou, o do El Niño. Quando nada porque é o verão de La Niña, de índole amena, mas inconstante e incerto como os tempos que estamos vivendo.

Acabei recomendando o óbvio ao turista acidental: quando a chuva deixar, um mergulho nas praias de Ipanema. Em seguida ao qual ele deve estirar-se ao sol e evitar todo esforço, a não ser o de esticar o pescoço para ver uma bela mulher passar ou de ir ao calçadão tomar água de coco. E à tarde se preparar para o pôr-do-sol no Arpoador, a que se deve assistir como se assiste a uma missa.

Como vêem, nada de original, tudo lugar-comum. Mas, pensando bem, a praia é o nosso melhor lugar-comum.

A Terra da Permissão

Numa cidade como o Rio, que vive de mãos ao alto, é sempre bem-vinda uma iniciativa como a do "Abaixe Essa Arma". Ao mesmo tempo, tratando-se de uma Terra permissiva, de tolerância máxima com as transgressões, a campanha corre o risco de obter uma eficácia mais simbólica do que real, como aconteceu há alguns anos durante um movimento parecido, quando até traficantes entregaram suas armas — as obsoletas e as de que não precisavam mais, evidentemente.

Sabe-se que agora há pelo menos uma diferença: o governo não só está empenhado na campanha, como espera mobilizar a sociedade e envolvê-la nessa santa cruzada do desarmamento. De qualquer maneira, a luta não será fácil porque, para evitar o risco do fracasso, a primeira batalha deve ser ganha contra a própria lei.

"Inconstitucional é andar armado matando pessoas por aí", disse com razão o governador ao lançar a campanha. Mas ele vai ter que convencer a Justiça disso, quando começarem a chover as ações invocando o direito de andar armado. Parece mentira, mas não apenas os bandidos, também a legislação é a favor do armamento.

O estado não tem competência para fazer o que é indispensável como ponto de partida: proibir a venda de todo tipo de armas de fogo e munição.

Mesmo que haja uma lei estadual, ela não pode impedir a comercialização de um produto, e "produtos", conforme a burrice constitucional, podem ser uma bala de chupar e uma de matar, por exemplo.

Além de sensibilizar a Justiça para a causa, o governo do estado deveria mobilizar também as Forças Armadas, a quem compete fiscalizar as fronteiras de terra, mar e ar, por onde entram os mais sofisticados equipamentos de morte que alimentam a guerra do narcotráfico nos morros.

Não será fácil persuadir o portador de uma 38 a entregá-la — pelo menos quem a comprou acreditando poder se defender dos assaltos — se descobrir que os traficantes continuam carregados de AR-15.

E não menos importante que tudo isso, será desarmar os espíritos e as mentalidades, armados até os dentes de maus hábitos. Nenhuma campanha contra a Cultura da Violência terá sucesso se não atacar também, a exemplo do que ocorreu em cidades como Nova York, os chamados "pequenos delitos" — aquelas transgressões aparentemente insignificantes e rotineiras, que parecem não fazer mal a ninguém, mas cujo acúmulo formam o que no Rio ficou conhecido como a Cultura da Bandalha.

A todo momento, em qualquer esquina, em qualquer rua, observam-se manifestações dessa cultura, para a qual a sociedade tem tolerância 100, até porque é ela mesma que a pratica.

Querem alguns exemplos?

— No calçadão de Ipanema, uma senhora com um *pooddle* recolhe num pequeno saco plástico o que o cachorrinho acaba de fazer. O jovem com o seu *pit-bull* (ou *rotweiller*?) olha espantado enquanto espera que o seu cachorrão acabe de fazer o mesmo em maior quantidade. Não só não lhe passa pela cabeça imitar a senhora, como olha pra mim procurando cumplicidade: "Tem cada maluco nessa cidade!", comenta, balançando a cabeça, incrédulo.

Para esse jovem porcalhão, uma pessoa que recolhe com uma pá o que ele acha natural deixar sobre a calçada para sujar os pés dos outros só pode ser maluca. O equilibrado é ele.

— Na esquina da rua Visconde de Pirajá com Aníbal de Mendonça, dois guardas conversam animadamente, quando na calçada um entregador numa bicicleta atinge uma senhora, jogando-a ao chão. Um dos policiais ao ver o acidente, socorre a velhinha, mas a repreende: "Precisa tomar cuidado, vovó."

Na cabeça do homem da lei, correr sobre a calçada de bicicleta não é nada demais. Imprudente é a senhora.

— Na mesma calçada, pouco adiante, outra bicicleta vem a mil, ziguezagueando. Quando chega em frente ao idoso, este resolve parar à espera de que o ciclista se decida para que lado ir. Os movimentos de um e outro não combinam e o ciclista se irrita: "Fica aí na frente zanzando, tio, que eu passo por cima."

Ninguém teve dúvidas de que ele passaria.

— Na fila de um cartório alguém dá a vez a um idoso sob o argumento de que ele tem prioridade. O garotão forte que está atrás, de camiseta e bíceps tatuado, não gosta do gesto. Ouve então que isso é um direito legal, não é um privilégio. O troglodita não se conforma: "Esses velhos tão muito folgados!".

Fingindo não ser com ele, o idoso faz cara de quem tinha 20 anos.

— O homem de paletó e gravata pára o carro sem avisar, desce e começa a urinar na árvore. Os motoristas de trás reclamam, mais em nome do trânsito do que dos bons costumes. O mijão se volta, exibe a fonte dos protestos — "Aqui procês, ó!" — e acaba ostensivamente de frente o que começara de costas.

O guarda morre de rir. Ri tanto que eu temi que, por incontinência, ele fosse repetir a cena que acabara de presenciar.

— A moça espera disciplinadamente que o sinal abra, ainda que não venha nenhum carro que a impeça de avançar. O motorista de trás, impaciente, faz uma rápida manobra, ultrapassa a jovem e grita: "Pensa que tá na Suíça, perua?".

Se por acaso pensava, naquele momento ela descobriu o engano. Estava na Terra da Permissão, diante do mais legítimo espécime da Cultura da Bandalha.

Uma revolução dos bons modos

A quantidade de *e-mails* recebidos me obriga a voltar a um assunto que cheguei a achar muito pessoal, implicâncias da idade, quando o abordei na semana passada: a cultura da bandalha. As mensagens enviadas demonstram que os "pequenos delitos" se impuseram, tornando difícil restaurar a civilidade e a ordem urbana, pelo menos enquanto vigorar os vícios da desobediência civil e o princípio hegemônico da tolerância máxima.

"De que adiantam nossas belezas naturais, se impera a cultura da bandalha, a falta de educação e de respeito ao próximo?", pergunta um senhor de 55 anos, sem esperança de "ver esse quadro de alguma forma revertido".

O que mais impressiona nos relatos é a agressividade com que os transgressores reagem quando são repreendidos. "Cada vez mais somos minorias", me telefonou uma colega jornalista. Um dia, ao chegar em casa, deparou-se com um motociclista buzinando insistentemente para chamar alguém no andar alto de um prédio. Com delicadeza, reclamou do barulho e não acreditou na reação: "Ah, é? agora é que você vai ver", ele gritou, e não tirou mais a mão da buzina.

"Estava sentado no primeiro degrau do calçadão do Leblon olhando o mar", conta um leitor, "quando senti um líquido quente escorrer nas minhas costas. Pensei logo que algo diferente estava acontecendo comigo. Quando olhei para trás me dei conta de que um dálmata (na coleira) estava urinando nas minhas costas. Sob a supervisão de sua dona!".

Lúcia relata sua experiência: "Temos um samoieda e sempre levamos vários saquinhos nas caminhadas diárias com nosso *cookie*. Já mais de uma vez vi gente rindo e fazendo piada por estarmos deixando o chão limpo. Estranha inversão de valores! Fazer o certo, jogar lixo no lixo, pagar impostos, agir direito, isso no Brasil é motivo de piada."

De outro leitor: "Um casal reclamou que não conseguia atravessar a Voluntários na faixa de segurança porque um motorista estava estacionando o seu carro na calçada. A resposta do motorista diante da reclamação foi um sonoro: 'Vai se...'"

As histórias são muitas, porém a mais dramática se passou na esquina da rua Rita Ludolf com avenida Ataulfo de Paiva, no Leblon, numa manhã de sábado. Laís e seu marido aguardavam o sinal abrir, quando um carro subiu a calçada para estacionar e quase os atropelou.

"Era um Audi prateado, modelo perua, e dele sai um jovem de aproximadamente 35 anos, abre a porta de trás para deixar saltar uma meninazinha de uns nove anos e se encaminham ambos para a videolocadora em frente."

Nesse momento um guarda passou a anotar a placa do infrator. "Quando estava escrevendo sobre seu bloco, surge o jovem, usando bermudas e camiseta de qualidade, cabelo bem cortado, óculos moderninhos e vai logo pedindo: 'Alivia aí, seu guarda, alivia aí.'"

Laís disse que não era justo o que ele queria, depois de quase atropelá-la.

— Aposto que nem carro você tem — ele revidou irritado.

— Tenho carro e também tenho educação — disse ela.

"Tomado de fúria", continuou a leitora, "o jovem esbravejou: 'Sua recalcada.' Meu marido pediu-lhe então que moderasse a linguagem, ouvindo como resposta: 'Cala a boca você, seu viado; aposto que ela é que manda em casa.'"

O marido se exaltou, o jovem partiu para briga, mas o policial se colocou entre os dois. "Furioso, o jovem tentou desvencilhar-se do guarda, que foi aos poucos forçando-o a andar de costas até que, desesperado, tentou dar-lhe uns tapas. Um chute na canela foi o suficiente para desestabilizá-lo; ele perdeu o equilíbrio e caiu no chão."

Nesse momento a criança saiu da locadora gritando "Papai, papai" e o incidente encerrou-se aí. Mas o trauma não abandonou Laís. Vale a pena acompanhar sua reflexão:

"Já andando no calçadão da praia, fui acometida de um medo surpreendente, lembrando o ódio incontido daquela criatura, a sua incapacidade de se controlar, de admitir o próprio erro, de aceitar que não pudesse sempre 'aliviar' as coisas.

"(...) Em poucos minutos, aquela criatura portava-se com tanto descontrole, tanta raiva, tanta incompreensão. Era um jovem de padrão alto, levando a filhinha para alugar um filme numa manhã de sábado. Por que a sua idéia de superioridade, de que eu estaria despejando sobre ele meu recalque por não ter carro? A criança assustada, vendo seu pai no chão, teria pensado em quê? Que tipo de história teria ele contado à filha para justificar aquela cena mal cabida numa manhã de sábado?

"Pude apreender deste episódio alguns sentimentos estranhos, ou seja, que os direitos dos cidadãos esbarram na arrogância e na falta de educação de pessoas para as quais as leis não existem para serem respeitadas; que a solidariedade não pode existir numa cidade permissiva como a nossa, pois a voz da criança gritando 'Papai, papai' permaneceu na minha memória e eu não fiz nada para aliviar seu susto; que o medo da violência do outro pode levar-nos à omissão e ao conformismo."

Para terminar, uma cena ocorrida num cinema. Alguém fez "psiu" pedindo silêncio a um mal-educado espectador que falava alto demais durante a sessão. Em vez de se calar, ele se levantou furioso: "Eu falo como eu quiser, a boca é minha, os incomodados que se mudem."

Essa é que é a questão. Uma revolução dos bons modos passa pela inversão desse ditado que exalta a resignação e o conformismo diante da transgressão: "Os incomodados que se mudem."

Não são os incomodados que têm que se mudar, mas os que incomodam.

Recado de primavera

Meu caro Rubem Braga:
 Escrevo-lhe aqui de Ipanema para lhe dar uma notícia grave: a primavera chegou. Na véspera da chegada, não sei se lhe contaram, você virou placa de bronze, que pregaram na entrada do seu prédio. O próximo a ser homenageado é seu amigo Vinícius de Moraes, e é essa lembrança que me faz parodiar o "Recado de primavera", que você mandou ao poeta quando ele se tornou nome de rua.
 Sua crônica foi lida na inauguração da placa, durante uma cerimônia rápida e simples, para você não ficar irritado. A idéia foi da Confraria do Copo Furado, um alegre clube de degustadores de cachaça que não existia no seu tempo. Antes que alguém dissesse "Mas como, se Rubem só tomava uísque!", o presidente da confraria, Marcelo Câmara, se apressou em lembrar que Paulo Mendes Campos uma vez revelou que o maior "orgasmo gustativo" do velho Braga, na verdade, foi bebendo uma boa pinga num boteco do Acre. Paulinho, que deve estar aí a seu lado, só faltou dizer que você sempre foi um cachaceiro enrustido.
 Temendo uma bronca sua, Roberto, seu filho, fez tudo na moita: não avisou a imprensa e não comunicou nada a nenhuma autoridade ou político. De gente famosa mesmo só havia Carlinhos Lira e Tônia Car-

rero. Aliás, sua eterna musa declamou aquele soneto que você ficou todo prosa quando Manuel Bandeira incluiu numa antologia, lembra-se?

Tônia se esforçou para não se emocionar, e quase conseguiu. Mas quando aquela luz do meio-dia que você tanto conhece bateu nos olhos dela, misturando as cores de tal maneira que não se sabia mais se eram verdes ou azuis, viu-se que estavam ligeiramente molhados, mas todo mundo fingiu que não viu.

Depois da homenagem, subimos até a cobertura. Não sei se você sabe, mas Roberto levou uns quatro meses reformando o terraço. Agora pode chover à vontade que não inunda mais. O resto está igual: as paredes cobertas de quadros e livros, o sol entrando, a vista do mar. Quando chegamos à varanda, achamos que você estava deitado na rede.

O pomar, mesmo ainda sem grama, está um brinco e continua absolutamente inverossímil. "Como é que ele conseguiu plantar tudo isso aqui em cima?", a gente repetia, fazendo aquela pergunta que você ouviu a vida toda.

Os dois coqueiros que lhe venderam como "anões" já estão com mais de três metros de altura. As duas mangueiras, depois da poda, ficaram frondosas e enormes, uma beleza. Vi frutinhas brotando nos cajueiros, nas pitangueiras e nas jabuticabeiras, pressenti promessas de romãs surgindo e esbarrei em pés de araçá e carambola. Agora, há até um jabuti.

As palmeiras que ficam no canto, se lembra?, estão igualmente viçosas. Roberto jura que não é forçação retórica e que de madrugada vem um sabiá-laranjeira cantar ali, diariamente, acordando os galos que deram nome ao morro que fica atrás. Assim, sua cobertura é a única que tem palmeiras onde canta o sabiá. (Roberto faz questão de dizer "a" sabiá, em homenagem ao Tom.)

Há um outro mistério. Maria do Carmo, sua nora, conta que o pastor alemão Netuno, de sobrenome Braga, que você nem conheceu, pegou todas as suas manias: toma sol no lugar onde você gostava de ler jornal de manhã, resmunga e passa horas sentado, com as duas patas pra frente, apreciando o mar. A diferença é que dessa contemplação ainda não surgiu nenhuma crônica genial.

Mas muita coisa mudou, cronista, nesses 16 anos. As "violências primaveris" de que você falava na sua carta a Vinícius não são mais o "mar virado", a "lestada muito forte" ou o "sudoeste com chuva e frio". Não são mais licenças poéticas, são violências mesmo.

Para você ter uma idéia, a primavera desse ano foi como que anunciada por um cerrado tiroteio bem por cima de sua cobertura: os traficantes do Cantagalo e do Pavão-Pavãozinho voltaram a guerrear. Você deve ter visto aí de cima os tiros riscando a noite, luminosos, como na guerra do Golfo. Estamos vivendo sob fogo cruzado. Ainda bem que nenhuma bala perdida atingiu seu apartamento. Por milagre, aquela parede de trás ainda está incólume.

O tempo vai passando, cronista. Chega a primavera nesta Ipanema, toda cheia de lembranças dos versos de Vinícius, da música de Tom e de sua doce e poética melancolia. Eu ainda vou ficando um pouco por aqui — a vigiar, em seu nome, as ondas, os tico-ticos e as moças em flor. E temendo, como todo mundo, as balas perdidas. Adeus.

Ai de ti, Ipanema

Há 40 anos, Rubem Braga começava assim uma de suas mais famosas crônicas: "Ai de ti, Copacabana, porque eu já fiz o sinal bem claro de que é chegada a véspera de teu dia, e tu não viste; porém minha voz te abalará até as entranhas." Era uma exortação bíblica, apocalíptica, profética, ainda que irônica e hiperbólica. "Então quem especulará sobre o metro quadrado de teu terreno? Pois na verdade não haverá terreno algum."

Na sua condenação, o Velho Braga antevia os sinais da degradação e da dissolução moral de um bairro prestes a ser tragado pelo pecado e afogado pelo oceano, sucumbindo em meio às abjeções e ao vício: "E os escuros peixes nadarão nas tuas ruas e a vasa fétida das marés cobrirá tua face."

A princesinha do mar, coitada, inofensiva e pura, era então, como Ipanema seria depois, a síntese mítica do hedonismo carioca, mais do que uma metáfora da cidade, uma metonímia, a parte condensando o todo.

No fim dos anos 50, ela era o éden não contaminado ainda pelos plenos pecados; no máximo, acolhia pecadilhos ingênuos em suas boates e inferninhos. Eram tempos idílicos e pastorais, a era da inocência, a época da Bossa Nova, os anos dourados de JK e Garrincha, da cidade de 60 favelas e não de 600.

Tom e Vinícius ainda não tinham visto a garota de Ipanema passar a caminho do mar, a barriga de Leila Diniz não existia, nem as dunas da Gal. Não desfilava ainda a Banda do Jaguar e do Albino, muito menos o Simpatia é quase amor, não havia a tanga (só a dos índios, não vestida pelas mulheres ou pelo Gabeira), nem o fio dental, nem o Posto 9.

E nem o pó que faz o bairro brilhar à noite, desvairado, como disse Hélio Luz quando ainda delegado. E nem havia as gangues.

Ai de ti, Ipanema, que perdeste a inocência e o sossego, e tomaste o lugar de Copacabana e não percebeste os sinais que não são mais simbólicos: os raios fulminando no mar, o emissário submarino se rompendo, as águas poluídas, as valas negras, a areia suja, o oceano saturado de putrefação, as agressões, os assaltos, o medo e a morte.

Ai de ti, Copacabana, ai de ti, Ipanema, ai de ti, Leblon, que numa lúdica manhã de lazer foram transformados em Bósnia. Num domingo de paz, viu-se a guerra. Balas insensatas riscaram o espaço, mães desesperadas se atiraram ao chão protegendo seus filhos do fogo cruzado e o pânico se espalhou pelo mitológico corredor mais caro do mundo.

Só pela misericórdia divina foste poupada da tragédia e a água salgada não precisou lavar o sangue inocente de teus freqüentadores.

Naquele domingo de sol, depois da batalha, caminhamos pela paz vestidos de branco e eu vi o luto e vi as marcas da dor e notei o pranto contido das famílias vitimadas pela violência — não apenas a violência externa, estranha, que vem das favelas trazidas pelo pó e pelos "bárbaros" ou pelos arrastões. Não a violência dos "gentios do morro" de que falava o Braga, "descendo e uivando".

Mas também a violência daqui debaixo do asfalto, gratuita, sem sequer ódio de classe, imotivada e irracional, sem inspiração na miséria, gestada não nos barracos, mas nos apartamentos de classe média, moldada em academias e praticada em danceterias e nas praias, como exibição narcisista e perversa de teus filhos de papai.

Ai de ti, Ipanema, que perdida e cega em meio às pragas e deformações, alimentaste a violência com violência — na rua, no trânsito, contra a mulher, o homossexual e os miseráveis — sem te dares conta de que estavas chocando um ovo de serpente.

Ai de ti, Ipanema sem lei, de todas as agressões, das transgressões e da bandalha, dos avanços de sinal, dos carros sobre as calçadas e do cocô de cachorro sobre o calçadão. Ai de ti, "Ipanema partida", de um samba do Simpatia: "O asfalto é o nosso salão/O morro quer ser seu par,/ Favela, ô favela,/ Do Simpatia és a sentinela."

Alô, burguesia de Ipanema, não te deixes dominar pelo ódio, porque senão pode vir o tempo em que a ira se acenderá como fogo e acabará com tudo. Não permitas que o mal prevaleça, afaste a banda podre, não faças como o mercado, que chama para controlá-lo não o antídoto mas o próprio veneno.

Carpe diem, Ipanema, sagrada e profana, salve o paraíso do prazer e do êxtase. É chegada a hora da redenção — da bênção e não da maldição. Mas, ai de ti, cidade de símbolos, ai de todos nós, aflitos, se teu emblema sensual e epicurista for soterrado pelo vício, pela violência e pela impunidade.

E agora dê graças a Deus e ao ladrão

Como num conto *noir* de Rubem Fonseca, o jovem assaltante desceu da bicicleta, encostou a pistola na fronte do meu amigo e disse "Passa tudo". Em seguida revistou-o, recolheu talões de cheques, carteiras e cartões, e respondeu "Não, nada disso, vai andando", quando a vítima pediu para conservar pelo menos o documento de identidade.

Eram oito horas da noite da última segunda-feira, esquina da rua Joana Angélica com Nascimento Silva, a 100 metros de uma cabine da PM, em Ipanema. Na antevéspera à noite, às 9h30, ao parar o carro na porta de um prédio da Barra, uma sobrinha foi rendida por quatro assaltantes, junto com seu acompanhante.

Roubaram-lhes também talões, carteiras e cartões, além de cordões, relógios e anel, e mantiveram os dois jovens presos durante algum tempo, enquanto rodavam pelo bairro. Depois os deixaram perto do Barrashopping, lhes deram R$ 5 e mandaram que pegassem um táxi e fossem embora.

Nos dois casos, as vítimas saíram traumatizadas, mas dando graças a Deus. Afinal, saíram incólumes. Minha sobrinha chegou a comentar que os seus assaltantes eram "superdelicados" e muito "profissionais". Prometeram que não iam machucar ninguém e não machucaram, só queriam o carro para "fazer um ganho". Muito justo, ela quase disse para eles.

O ladrão de Ipanema não era tão profissional, apesar da arma — uma pistola do mesmo tipo, 9mm, não um revólver qualquer —, mas também não cometeu nenhum excesso. Foi duro, mas também que negócio é esse de a vítima querer ficar com a carteira de identidade? Daqui a pouco vão pedir para conservar os cheques, além da vida. Como seus colegas da Barra, ele respeitou a integridade física da vítima.

"Que abusado!", protestou o PM quando meu amigo comunicou-lhe que acabava de ser assaltado ali perto, quase nas barbas dele — só não foi nas barbas porque ele não estava na cabine, tinha ido fazer xixi.

Nada mais humano do que fazer xixi, e o fato de estar fardado não diminui a vontade. Mas parece que tem sido muito comum essa coincidência, sem se saber ao certo se os bandidos esperam a hora do xixi da polícia para fazer o assalto, ou se a polícia espera a hora do assalto para fazer xixi. Alguma coisa precisa ser feita para que os dois não empunhem na mesma hora a pistola e..., bom, deixa pra lá.

Sei que não há nada de original nessas histórias e cada leitor deve conhecer uma meia dúzia iguais ou piores. O que me chamou a atenção é a confraria que está se formando, a dos escapados de assaltos. Assim como existe a *Síndrome de Estocolmo*, aquela estranha ligação que se estabelece entre seqüestrado e seqüestrador, pode estar surgindo a *Síndrome do Rio*, laços de gratidão entre o assaltado e o assaltante, ainda mais que os bandidos estão melhorando a qualidade de seu serviço de atendimento.

Pode ser a concorrência, mas parece que eles estão mais atenciosos com a freguesia e alguns até avisam antes de aumentar o preço. Me contaram que uma senhora, que costumava andar com R$ 100 para o ladrão, mudou de hábito após ouvir a advertência do pivete depois de um assalto: "Tia, dessa vez tudo bem, mas da próxima tem que ser o dobro."

São sinais dos tempos. Durante os anos dourados, gritava-se "Pega ladrão!". Depois, nos anos de chumbo, dizia-se "Chame o ladrão!". Agora, nesses inqualificáveis anos 90, está se dizendo: "Obrigado, ladrão!".

Matando mosca com canhão

Só se deve acreditar que uma imagem vale mil palavras, como diz o provérbio, quando se puder dizer isso com imagens e não com palavras. Essa semana, porém, algumas fotos valeram mais do que muitos textos. Uma delas foi a do banqueiro japonês chorando de vergonha. Vendo-a, não se podia deixar de pensar que ainda bem que isso não é costume no Brasil — se fosse, aqui viraria um vale de lágrimas.

A outra foto foi a da senhora favelada abrindo a sacola de plástico para que um soldado armado a revistasse. Ele estava procurando dois fuzis. Mais do que um desrespeito aos direitos humanos, era um atentado ao senso de medida. Faltou um superior para lhe dizer que naquela sacola não cabia o que ele estava procurando. Devia procurar em outro lugar.

Quem melhor definiu a megaoperação militar que invadiu 12 favelas, usando 200 soldados, vários caminhões e até um tanque de guerra para recuperar os dois fuzis roubados, foi Célio Borja. Depois de lamentar a falta de bom senso e de senso de medida, o jurista disse que foi como "matar uma mosca com um canhão".

Entende-se que o Exército quisesse "resgatar a imagem da instituição", como informou o assessor de imprensa do Comando Militar Leste. Realmente depõe contra uma força armada constatar que é fácil roubar armas de sentinelas — aqueles soldados que, por definição, devem estar atentos e alertas para a aproximação do inimigo.

"O Exército tinha que dar uma resposta imediata", explicou o coronel do CML. Mas será que uma resposta rápida e do tamanho dessa operação de guerra não piorou sua imagem?

Não vou discutir a legalidade da operação. O governador apressou-se em afirmar que era legal: "É natural que eles façam isso." Mas o Ministério Público Federal não parece ter achado tão natural assim. O procurador já encontrou pelo menos "indícios de ilegalidade".

Mas mesmo sem concluir sobre a constitucionalidade da operação, talvez seja o caso de perguntar se, em nome do bom senso, não seria melhor para a imagem de nosso Exército que ele não escondesse as placas dos carros e nem fantasiasse seus briosos soldados com toucas ninjas — aquelas máscaras sinistras que bandidos e policiais usam quando querem "barbarizar" sem serem identificados.

Em termos da lógica militar, todo esse aparato talvez pudesse se justificar se tivesse havido eficácia. Na guerra vale os meios, não o fim. Mas será que houve eficácia? O Exército já deveria estar escaldado. As fracassadas Operações Rio I e II mostraram como essas medidas são espalhafatosas e inúteis. Todos se lembram que naquelas duas demonstrações de força gastaram-se mais de R$ 50 milhões e desgastou-se o prestígio militar.

Os soldados invadiram morros, agrediram moradores, torturaram e o resultado foi um vexame. O traficante Uê, por exemplo, cuja prisão era uma questão de honra para as tropas do Exército, só foi apanhado depois, numa operaçãozinha que envolveu um policial civil e dois detetives.

Para completar essa semana tão carente de bom senso, foi pena que o presidente não posasse também para uma foto comemorando a quebra da estabilidade do funcionalismo público. Seria mais um símbolo. Independente da justiça ou não da decisão, pergunta-se se não é indelicado o presidente da República — no dia em que era anunciado mais um recorde de desemprego — vibrar tanto com uma medida que mais cedo ou mais tarde vai aumentar esse recorde.

Como disse ACM, não se bate em quem perdeu. Mais do que falta de bom senso, é falta de respeito — principalmente porque o custo dessa vitória vai ser alto. Em termos de ganância e lucro, o funcionalismo público reunido não chega aos pés das bancadas malufista, ruralista e evangélica.

Como torce a cidade que inventou os torcedores

Não adiantou nada Fernanda Montenegro advertir que o cinema não era a pátria de moviola, ao contrário do que Nelson Rodrigues disse da seleção de futebol: não devíamos criar expectativas nem investir nossas reservas cívicas na conquista do Oscar — o jogo estava irremediavelmente perdido para nós.

No domingo passado o Brasil pode não ter se transformado na pátria de moviola, mas o Rio, sim. Afinal, alguma coisa tem que sobrar para nós. Se Brasília tem o poder político, São Paulo o econômico e Minas o da contestação, resta-nos pelo menos o poder cultural, e esse realmente é nosso. Que me desculpe o resto do Brasil — se o "resto" aí não soasse desrespeitoso —, mas a Fernanda é nossa, assim como Walter Salles (que a gente chama de Waltinho) e seu filme. Aliás, acho até que *Central do Brasil* poderia se chamar *Central do Rio*.

Por tudo isso, a cidade se sentou diante da televisão como se estivesse vendo a nação jogar, e fez o que mais sabe fazer, o que vive fazendo: torceu. Torceu nervosamente, bebendo cerveja, comendo salgadinhos, apostando, gritando e vaiando. Desde cedo as pessoas se ligavam para saber onde iam ver a transmissão — na casa de que amigo, em que bar, boate ou restaurante, com que turma, em companhia de quem. À noite as ruas se esvaziaram e as casas se encheram. O carioca se comportou como se comporta desde o início do século, quando as moças inventaram a mania de ir para os estádios e, ansiosas, ficavam se contorcendo e torcendo luvas e lencinhos pelos seus times. As "torcedoras" ensinaram a cidade a fazer isso como nenhum outro lugar.

Aqui torce-se por tudo e aposta-se em tudo. Com as melindrosas aprendemos a torcer e com o jogo do bicho, outra "coisa nossa", como diria Noel Rosa, aprendemos a apostar, o que é mais ou menos a mesma coisa. Apostar é apenas uma forma mais arriscada de torcer.

"Houve damas que na fúria e na angústia da *torcida* quebraram as unhas que levaram meses a crescer", descreveu uma revista daquela época, acrescentando: "Perderam luvas, extraviaram leques, retorceram músculos, desequilibraram os nervos para muito tempo e voltaram à casa levando olheiras de verdade por baixo das olheiras pintadas."

É bem verdade que não inventamos nem o futebol, nem o cinema, mas demos a eles nossa modesta e criativa contribuição. Além da torcida, descobrimos a "bolina", uma prática meio em desuso e que pode voltar à moda nestes tempos de aids: aproveitava-se o escurinho das salas de exibição para usar a "mão-boba".

— Sabes a semelhança que existe entre o futebol e o cinema? — pergunta o personagem de uma *charge* do maior humorista de então, J. Carlos.

— Ambos desenvolvem as pernas.

É da natureza do torcedor culpar o juiz pela derrota. Mas dessa vez, se não podemos dizer isso com todas as letras, podemos suspeitar que pelo menos se sabia do resultado com antecedência. A Academia escalaria Sofia Loren, se houvesse o risco de fazê-la entregar o Oscar de melhor filme a *Central do Brasil*?

Jamais. Seria no mínimo uma gafe, embora nessa categoria ela tivesse merecido até um prêmio, o da deselegância, ao cometer a indelicadeza de apresentar *A vida é bela* com o entusiasmo, o destaque e a ênfase de quem estava anunciando não um concorrente, mas já o vencedor. Antes de abrir o envelope.

A descoberta de uma nação

Se você acha que nada no Rio dá certo, convido-o para o seguinte programa: descubra a Mangueira. Não propriamente a escola, mas um espaço inacreditável chamado Vila Olímpica da Mangueira. Fica embaixo, na parte plana, no pé do morro.

A primeira surpresa da visita é o tamanho do complexo. São 35.000m². A segunda é a limpeza. A sensação é de que estamos em outra cidade, onde César Maia não chegou. Não é possível um lugar tão limpo. A grama, impecável. As paredes, pintadas de verde e rosa, brilham. Há requintes como este: os 492 pés de árvores e arbustos plantados (hibiscos, espirradeiras, extremosas, etc.) só dão flores de cor rosa. Em breve, não só as paredes, mas também a natureza estará revestida de verde e rosa.

No lado direito, um enorme ginásio de esportes, coberto (40m x 20m de quadra, me informam) com a última palavra em matéria de piso de borracha antichoque e antiderrapante. Nas pistas, à esquerda, crianças correm, saltam, treinam atletismo. Ali se formam craques. A Mangueira é tetracampeã brasileira de atletismo. Em apenas sete anos de funcionamento, quatro campeonatos. Na sala de troféus, atulhada, ninguém sabe mais dizer quantas são as taças expostas.

A fórmula do milagre é simples: o casamento da escola com a empresa privada. Há sete anos, a Xerox banca esse projeto esportivo sem alarde, quase na moita. Gasta e não ganha aparentemente nada, nem mesmo retorno institucional. "Para colocar o nome da empresa nas camisetas foi um custo, eles não queriam", diz Chiquinho, coordenador do complexo.

Mais ao fundo, a presença de outra empresa: é o ambulatório da Golden Cross. Se eu dissesse que é um mini-hospital, não estaria exagerando. Novamente, a limpeza é o que mais impressiona. Em poucas casas de saúde há um ambiente tão asséptico.

Aqui está a sala de ginecologia; ao lado, o gabinete dentário; em seguida, a pediatria, e por aí vai. A equipe médica é de fazer inveja à rede estadual. Há um orgulho risonho em cada cara. Quando passo, um jovem médico brinca: "Aqui, nós lutamos contra a cidade partida." São dois clínicos, dois pediatras, dois ginecologistas, uma assistente social, dois auxiliares de enfermagem... e eu perco a conta. Foram 14 mil atendimentos em 95, mais de mil por mês. Gente da comunidade, mas também de fora.

A médica responsável pelo ambulatório fala, orgulhosa, do trabalho pedagógico ("A prevenção contra o câncer, por exemplo, é um sucesso"), dos medicamentos que são fornecidos de graça e das causas mais comuns de doenças. Quarenta por cento dos atendimentos são de pessoas hipertensas: "Esse número aumenta nos dias de tiroteio no morro", informa.

O que leva a Xerox e a Golden Cross a fazerem investimentos como esses em vez de gastarem o dinheiro em propaganda na televisão? Um empresário paulista que participa da visita, incógnito, para ver se vale a pena uma parceria idêntica, me explica que esse é um conceito moderno que não tem nada a ver com a concepção velha, mesquinha de toma-lá-dá-cá. "As ações comunitárias não devem ser ações imediatistas, marqueteiras, acintosas", ele diz, e eu lamento que, se é assim, que pena que o Rio não tenha mais "empresas modernas".

É tempo de colônias de férias. Há 800 crianças espalhadas por toda parte: correndo, nadando, estudando. "São crianças roubadas ao tráfico", diz alguém da comitiva. Dali passamos para o Ciep, que faz parte do complexo. Ao lado, uma piscina de dimensões quase olímpicas. O calor que ameaça derreter os visitantes leva os olhares invejosos para a água cristalina. "É água de Primeiro Mundo", garante Chiquinho, explicando em detalhes um sofisticado processo de purificação.

O Ciep é um capítulo à parte: uma co-gestão do estado com a Mangueira. A comunidade administra o prédio. O resultado é um colégio de — vou plagiar Chiquinho — Primeiro Mundo. Deve ser o que Darcy Ribeiro um dia sonhou. Dona Teresinha, a diretora, é membro também da diretoria da Mangueira, que freqüenta há 20 anos.

O Ciep Nação Mangueirense é o único no Rio que tem funcionando no currículo da 8ª, 9ª e 10ª séries um curso de Informática, "a menina dos olhos" de dona Teresinha. Ela já conta com oito micros, mas em breve terá mais 12, doados pela rede de colégios Santa Mônica, outro parceiro da Mangueira. A próxima ousadia de dona Teresinha é fazer o Ciep funcionar 24 horas por dia. Isso mesmo: dia e noite. Fora de supermercado, alguém conhece experiência igual no mundo?

Uma manhã inteira não dá para conhecer os seis ou sete projetos sociais da Mangueira. Não vi, por exemplo, a Mangueira do Amanhã, da Alcione, nem a Banda Afro-brasileira, que funciona à noite e da qual me falaram maravilha. Se algum eventual leitor-empresário achar que estou exagerando, dê um pulo lá. Duvido que não saia disposto a construir uma Vila Olímpica em cada pé de morro — antes evidentemente da Olimpíada de 2004.

Agora entendo por que no início Elmo José dos Santos falou com tanta naturalidade do encontro que tivera com Fernando Henrique há dias, quando o seu colega lhe prometera visitar a Vila Olímpica antes do carnaval. Foi um encontro de igual para igual. Sua Excelência, o presidente Elmo, que nos acompanhou durante toda a visita, é presidente de uma gloriosa nação — a Nação Mangueirense.

O consolo é que o outro foi igual, ou não

Você já imaginou o carioca ser xingado de melancólico e o Rio, de "cidade macambúzia, cidade de dispépticos e de mesentéricos"? Parece impensável, mas eu li isso essa semana, quando *viajava* pelo fim do século XIX, que é para onde se deve ir quando se acha insuportável o atual, já em liquidação.

Fugir para o chamado *fin-de-siècle* — de Viena, Paris, Nova York, ou Rio — é aconselhável até para fazer comparações, para saber se a gente está reclamando de barriga cheia. Será que existe mesmo uma *síndrome finissecular*, uma doença que dá nessas épocas, assim como existem certos males que atacam as pessoas em determinadas idades? Não é fácil chegar a uma conclusão, mas o clima de apocalipse que paira no ar atualmente já pairava há 100 anos, aqui e no mundo. O fim do século já era o fim do mundo.

As tais injúrias me chegaram justamente no dia em que os jornais anunciaram o "primeiro sol de verão", o que aumentou o absurdo. Como chamar de macambúzia uma cidade com essa luz, depois que a chuva lavou o ar e que as Cagarras, sem névoas, reaparecem recortadas andando com você? (Experimente caminhar do Leblon até o Arpoador e veja como elas o seguem. As Cagarras andam, não é ilusão de ótica não, podem observar. Nesses dias, elas andam. Ou navegam, porque parece que ilha não anda.)

De qualquer maneira, o mais estranho é que o autor do texto usava a natureza solar do Rio para reforçar suas opiniões. Ele admitia que pudessem ser tristes e soturnas as cidades do norte da Europa. "Mas que seja melancólica uma cidade como esta, metida no eterno banho da luz do sol", ele não entendia.

Em 1897, num dia como hoje — ele escrevia aos sábados —, Olavo Bilac passou a substituir Machado de Assis como cronista da *Gazeta de Notícias*, um jornal que, além de consagrar, ainda pagava seus colaboradores, coisa rara então. São deles as acusações, que aparecem nas crônicas organizadas por Antonio Dimas e editadas pela Companhia das Letras.

Pescados assim, arbitrariamente, os trechos citados podem indispor Bilac com a cidade que chamava de Sebastianópolis e à qual, como confessa, nunca poupou injúrias. Mas ele fazia isso por excesso de amor, por se sentir traído em suas expectativas e desejos.

As crônicas são saborosas. Os leitores que se lembram apenas do poeta do "Ora, direis, ouvir estrelas", do parnasiano da chave de ouro, vão ter uma surpresa. Com um olhar moderno e uma pauta atual, Bilac descreve o Rio de então "sem insistências aborrecidas e sistemáticas", como diz o organizador, que atribui a Bilac um papel importante na "formação de uma consciência cívica e urbana brasileira".

Há de tudo. O capítulo sobre jornalismo, por exemplo, não interessa apenas a quem é do ramo. Ele mostra o pânico pelas novas tecnologias (achávamos que a gravura e a fotografia iam roubar nosso emprego, como se acha hoje que a TV vai acabar com a imprensa escrita. "Já ninguém mais lê artigos", lamenta o cronista, morrendo de medo do "exército dos desenhistas, dos caricaturistas e dos ilustradores") e comenta o hábito de invadir a privacidade dos outros ("Não há jornal de Paris, de Londres, de Berlim, de Roma, que faça o que fazem os jornais daqui, nesse particular").

O cronista fala de pessoas, usos, costumes e de problemas sociais como "o flagelo periódico da febre amarela" ou das meninas de sete ou oito anos se prostituindo pelas ruas, de tal maneira que chega a achar que "talvez a sorte melhor que se possa desejar hoje em dia a uma criança pobre seja uma boa morte".

A leitura dessas crônicas serve para uma porção de coisas. Serve para relativizar o pessimismo atual, fornecendo um consolo: "O outro fim de século foi igual ou pior." Serve também para aumentá-lo: "Se é assim, não tem mesmo jeito." Ou serve para atribuir tudo ao ponto de vista dos cronistas: a cidade que parece ter inventado essa praga também foi, de certa maneira, inventada por eles. Elas são não o que são, mas o que eles dizem que elas são. Assim é se lhes parece.

De pão de queijo e de acarajé

Se o Brasil fosse feito só de baianos e mineiros, o país talvez não fosse melhor, mas seria mais divertido, ainda que bem mais devagar. Cheguei a essa conclusão no fim da semana passada quando fui a Salvador, participando do "Minas além das gerais", um projeto que distribui para outras gentes brasileiras amostras grátis da curiosa raça mineira.

O mais ínclito e também o mais mineiro da expedição era Fernando Sabino, que tem um precioso acervo de historinhas e anedotas sobre a mineiridade, essa arte de não se comprometer. Não se iludam, nada é inocente no mineiro, nem quando parece. Na fala ou no gesto aparentemente distraído ou sem sentido, há sempre habilidade, cautela, desconfiança ou simples esperteza.

O escritor conta o diálogo com um motorista mineiro em Nova York, presenciado por Paulo Francis:

— Ah, você também é de Minas?
— Sou sim sinhô.
— De onde?
— De Minas mesmo.

Se consegue esconder até de onde é, imagina quando lhe pedem uma opinião política.

— Que tal é o prefeito daqui?
— O prefeito? É tal qual eles falam dele.
— Que é que falam dele?
— Dele? Uai, esse trem todo que falam de tudo o que é prefeito.

Quando não quer, nem a identidade ele revela:
— Qual é o seu nome todo?
— Diz a parte que você sabe.

O próprio Sabino ilustra a sagacidade mineira ao chegar a Salvador. A repórter quer saber de cada um há quanto tempo está fora de seu estado. Todo mundo se enrola um pouco. Não pega bem responder "Há 40 ou 50 anos" porque ela poderia achar que você nem é mais mineiro. Só o autor de *Encontro marcado* não se aperta. A resposta vem rápida:
— E quem é que disse que eu saí de lá?

O baiano, um povo sem estresse e sem impaciência, também não fica atrás em matéria de historinhas exemplares. Os dois, o mineiro e o baiano, são lentos. Aparentemente, o primeiro é reflexivo e o segundo extrovertido. Mas parece que o mineiro é reflexivo porque presta mais atenção. Já o baiano, se prestar atenção, dorme. Impressionado com a quantidade de festas, pergunto a um morador local quando e onde descansam. A sério, ele responde: "No trabalho."

Peço umas pedrinhas de gelo na beira da piscina. Quinze minutos depois, um mulato simpático vem com um copo de plástico. No caminho, um turista interrompe o seu caminhar sestroso e malemolente para perguntar alguma coisa. Ele pára, fala da festa de Iansã, de Jorge Amado, de Antonio Carlos, do tempo bom, tudo naquele ritmo que a gente conhece. Faço um psiu impaciente, chamando-o, e quando ele chega constata-se o que qualquer um não-baiano poderia prever: o gelo, claro, tinha derretido.

— Se avexe, não, meu rei. Eu trago outro copo.
— Então vê se agora não demora tanto, porque senão vai derreter de novo.
— Derrete não. Se derreter, eu busco outro.

Mesmo quando religioso, o mineiro é meio descrente, ao contrário do baiano, que é crente até fora da religião. Sua admiração por Antonio Carlos, por exemplo, é um culto, é veneração. Embora não seja santo do meu terreiro, é forçoso admitir que ele sempre enfeitiçou até os que têm cabeça feita, como Glauber Rocha e Jorge Amado, Caetano e Gil.

ACM é hoje uma espécie de vice-rei com mais poder do que o próprio rei. Os políticos sabem que é mais negócio ir a ele do que ao Planalto, pois o velho senador funciona como o superego de um governo fraco com carência de figura paterna.

Sintomaticamente, o lado malvadeza do Toninho é mais cultuado do que a porção ternura, ainda que esta semana seu mais novo admirador, o deputado Fernando Gabeira, tenha dito que ele está ficando parecido com o filho.

"Ele não gosta das coisas erradas, e não tem medo de dizer", declara um motorista de táxi de Salvador, sem perceber que é mais grave do que isso: é ele, ACM, quem determina o que está certo e o que está errado. E não só na Bahia, em Brasília também.

O valor do contrapeso

No auge da briga entre Fernando Henrique e Itamar, houve a Festa do Zé e lá fui eu, eu e mais duas mil pessoas, ou seriam quatro mil conforme garantiram alguns? Não sei, mas isso não tem a menor importância. Em Minas, como se sabe, o que importa não é o fato, mas a versão, e a versão é que todo o Brasil estava lá, no churrasco desse que é uma instituição mineira de valor universal, assim como o pão de queijo, o barroco e a hospitalidade.

Naquele clima de guerra com Brasília, a "festa do Zé" soava o tempo todo como uma senha, como se fosse o "tal dia é o batizado" da nova conjuração mineira. Cheguei a Belo Horizonte na véspera dos 70 anos do aniversariante porque queria ver se Minas estava onde sempre esteve.

Será que, enquanto alguns riam debochados, se escrevia ali mais uma página de nossa História? E se o tempo provar que o governador tinha razão? Minas estaria à frente ou atrás de seu tempo? Itamar é o avanço do atraso ou Fernando Henrique é que é o atraso do avanço? O que é ser arcaico ou ser moderno no Brasil de hoje?

As respostas indicavam que Minas estava dividida — não só pelas pesquisas, que davam um empate técnico entre os favoráveis e os contrários à posição irredutível do governador, mas também pelas conversas nas esquinas e nos bares. "Ele foi longe demais", diziam uns; "Ele não pode ceder", contestavam outros.

Havia até os que apoiavam o encontro Itamar-Fernando Henrique, mas por razões inesperadas. Um general-de-exército da reserva chegou a escrever um artigo de conclamação: "Vá à reunião, governador, não só para defender os interesses de Minas Gerais, mas também os do Brasil."

Como é um lugar encharcado de história, não se passa por Minas sem ser assaltado em cada esquina por um vulto do passado. O que a distância fica ridículo, como o uso de metáforas com a Inconfidência para descrever a situação atual, parece natural numa terra em que num papo de bar pode-se ouvir um bêbado argumentar: "A elite ri do Itamar como ria do Tiradentes." E outro contra-atacar: "São dois ressentidos, o topetudo e o arrancadentes: um porque não está na presidência e o outro porque foi passado pra trás" (referindo-se à queixa de Tiradentes por ter sido preterido quatro vezes por "outros mais bonitos ou por terem comadres").

Cultura de enredo de escola de samba, dirão vocês, mas o fato é que me diverti muito com as analogias entre Tiradentes e Itamar, as ditas e as lembradas. Como o governador, o alferes não sabia línguas, nem para ler. Quando recebeu de presente uma coleção de leis americanas em francês, teve que pedir alguém para traduzir. Os dois foram chamados de malucos, embora o louco da época fosse D. Maria I e o de hoje ainda não se saiba bem quem é; também não tiveram apoio dos empresários e foram esnobados pelos intelectuais bem pensantes, sem falar que, em ambos, a persistência é um traço comum.

Um se sabe onde foi parar, mas e o outro, onde o levará sua teimosia? Até quando resistirá esse político mais chegado à idiossincrasia do que à ideologia, mais do impulso que do cálculo, mais da intuição que do método, imprevisível, temperamental e, dizem, rancoroso (cita-se muito a frase atribuída a Tancredo: "Itamar guarda o ressentimento na geladeira", o que, se verdadeiro, não será propriamente uma virtude).

Pessoas próximas ao governador me dizem que são estereótipos criados por Brasília, que começou acusando o governador de irresponsabilidade patriótica por ter desestabilizado com um gesto insano bolsas e mercados mundiais. "Depois se viu que insensata era a lógica desses mercados."

Não se trata de apoiar essa atitude, nem mesmo de defender o seu autor como alternativa de poder. Alguém me diz ao pé do ouvido que ele aposta como FH não termina o mandato. Mas aí já estamos no terreno da fantasia. O que há de concreto é o seu direito a uma forma de oposição a que o país estava desacostumado: antagônica, frontal, irredutível. Faz bem à democracia ter um político se opondo dessa maneira, é fortificante ter alguém que FH não leve na conversa, não seduza e não encante. Um governo sem contrapeso a gente sabe o que é.

E Itamar não sai derrotado dessa crise? Um assessor muito próximo ao governador diz que não e dá um argumento convincente: "O Fernando Henrique só fez concessões porque o Itamar resistiu. Se ele tivesse ido correndo a Brasília, os governadores estariam até hoje de mãos abanando. Enquanto ele resistir, Fernando Henrique vai continuar fazendo concessões."

Voltando às analogias, fica uma outra questão: Tiradentes exigiu demais antes do tempo e acabou não aproveitando a independência e a liberdade pelas quais morreu. Quando elas vieram, fazia 30 anos que ele havia entregue o pescoço à forca. Com Itamar pode acontecer algo parecido: todos os governadores, mesmo os que não o apoiaram, vão se aproveitar do que foi em última instância sua conquista. E ele? Será que Minas vai se contentar com mais uma vitória tardia?

Sem luz no fim do túnel e dentro de casa

No começo, um certo lirismo nostálgico envolve a inesperada falta de luz. De repente, vêm à memória afetiva lembranças de férias na fazenda, céu estrelado, luar do sertão, vaga-lumes, histórias ao pé do fogão de lenha. Você embarca numa viagem ao interior de todos os clichês campestres e pastoris. Além do mais, Ipanema às escuras é uma imagem que, por insólita, se presta à contemplação.

Mas quando se descobre que os alimentos da geladeira vão se estragar, que você não pode ler, não pode ver televisão, não pode beber água gelada, que o computador está a perigo com todos os seus arquivos e que o ar-refrigerado não vai livrá-lo do calor infernal, aí o clima bucólico começa a perder a graça, dando lugar ao mau humor.

O choque na verdade começa antes, ao chegar, quando descobre que todas aquelas conquistas da tecnologia e do conforto urbano se voltam contra você. O portão automático não pode ser aberto manualmente, não há portanto como entrar, e o remédio é estacionar na rua. Mas onde, se a rua virou um corredor cercado de tapumes e de crateras pelos dois lados? O negócio é entregar o carro ao porteiro e pedir para estacioná-lo na areia, dentro do mar, onde der.

Liberto do carro, a aventura agora é subir sete lances de escada no escuro. Na portaria só há um toco de vela, nenhuma lanterna. É com ele que você vai ter que completar a escalada — depressa, se o fôlego permitir, e se o vento não apagar a derradeira chama. Ocupada com um embrulho, a outra mão não pode fazer a concha protetora para a luzinha frágil e trôpega que não pode pegar ar.

Ter abandonado o fumo deixou-o com o pulmão mais limpo para o esforço, mas deixou-o também sem fósforo ou isqueiro. Seja o que Deus quiser. Lá vai você rompendo o breu das trevas, com o pedacinho de vela pingando gotas escaldantes sobre os dedos.

Dá vontade de reclamar da imprevidência: "Um absurdo não ter mais vela, fósforo!" Mas passa pela cabeça de alguém que é preciso ter provisão de velas às vésperas do século XXI? Quem poderia imaginar que Ipanema, pouco depois de ser coberta pelas águas, seria também coberta pelas trevas durante quase 15 horas?

Eu ia subindo as escadas e constatando que as velas, como os professores, são uma espécie em extinção. A analogia só fazia sentido para mim, porque eu vinha de duas horas de debate com pais de alunos e professores da Senador Correia, uma escola centenária que ainda funciona num sobradão de 1874. Lá, a Princesa Isabel dava aula de corte e costura. É um espaço de resistência.

Seu diretor, Luiz Antônio Silveira, foi quem me havia dito: "Os professores são uma espécie em extinção." Por isso resolveu criar uma Escola de Professores ali, onde funcionou a primeira Escola Normal do Brasil. Ele me conta que o lendário Instituto de Educação, que em 1968 tinha 26 turmas, no ano passado teve apenas seis. As normalistas, que já foram cantadas em prosa e verso ("Vestida de azul e branco/trazendo um sorriso franco..."), sumiram da música e das escolas.

Chegar ao destino sem botar a alma pela boca e com aquele restinho de luz na mão me deu uma sensação de vitória semelhante àquela que teria se, atleta, carregasse a tocha olímpica até o Cristo Redentor.

A sala iluminada pelas lindas velas de decoração que jamais se pensou acender não deixava de ser uma agradável surpresa. Havia também a vantagem logo lembrada de que, se continuasse até o dia seguinte, a falta de energia nos livrara do barulho das britadeiras. O silêncio daquelas máquinas valia o sacrifício da escuridão.

No dia seguinte bem cedo, porém, junto com o sol, entrava também pela janela que dormira aberta o barulho das britadeiras. Tirando energia de um gerador próprio, elas continuavam infernizando nossos ouvidos. No outro dia, já com a luz de volta, foi a vez do gás, cuja canalização fora destruída pelas obras da rua. Faltava agora desaparecer a água, já que com telefone não se pode contar mesmo.

Lá pelos anos 50, houve no Rio uma geração que cresceu achando que as banheiras tinham sido inventadas para armazenar água. Elas estavam sempre cheias, com o balde de "descarga" ao lado. Cantava-se então: "Rio, cidade que seduz/De dia falta água/De noite falta luz."

Com os permanentes racionamentos de energia, havia até hora para se chegar em casa. Quem não obedecesse ao horário do blecaute teria que subir os andares a pé: 10, 15, quantos fossem, todas as noites. Será que vamos voltar a esses tempos? É o que todo velho ipanemense perguntava. Culpar César Maia e Marcello por mais essa calamidade seria má vontade. Mas não custa sugerir aos dois uma ida aos Capuchinhos na sexta-feira. Só para tirar a urucubaca.

5 | Dos vivos e dos mortos

Que toquem os tambores de todas as tribos. Os nossos heróis, cheios de caráter e diferenças de estilo, revelam nossa criatividade, nossa grandeza cultural, nossa impureza étnica, nossa miscigenação.

Viagem ao universo de um louco genial

Se a melhor metáfora do Brasil é o hospício, o asilo ou até o sanatório geral, como querem muitos, um bom exemplo está a uma hora da Zona Sul do Rio: é a Colônia Juliano Moreira, uma quase cidade do tamanho de Copacabana onde vive uma população de loucos. Ali estiveram internados o escritor Lima Barreto e o jogador Heleno de Freitas. O grande Ernesto Nazareth morreu afogado nas suas imediações. O último de seus habitantes ilustres foi um artista esquizofrênico, negro, primitivo e genial: Arhur Bispo do Rosário, morto aos 78 anos em 1989.

Conheci a Colônia outro dia, levado por Luciana Hidalgo, que durante quase um ano freqüentou o local para escrever uma biografia do artista. Ela tornou-se íntima de cada canto, cada personagem, quase diria, de cada louco. A visita é desconcertante, a começar pela paisagem natural, de um verde exuberante, habitada por uma paisagem humana de sombras e ruínas, perambulando entre os pavilhões pelos imensos espaços, como se tivessem saído dos "Caprichos" de Goya.

O que se diz do Brasil, que já foi pior, pode-se dizer também da Juliano Moreira. Longe de ser um paraíso, digamos que seja um purgatório em relação ao inferno que foi, quando o doente mental era tratado com choque elétrico, lobotomia, banhos gelados, prisão solitária e muita pancada.

Hoje não há mais isso e os internos restantes são de fato restos esperando a morte chegar: mulheres e homens já velhos, vários nus, indecorosos. Nas mulheres, entre tantas perdas, a que mais deprime talvez seja a perda do pudor. Eles se aproximam da gente e intimidam mais pela degradação do que pela inofensiva insanidade. Às vezes encostam o rosto no vidro do carro e riem sem dentes do susto que provocam.

Voltei pouco tempo depois levando Gerald Thomas, numa espécie de expedição cultural. Ele tinha sido meu cicerone em Nova York e eu queria retribuir a reconciliação com o pós-modernismo arquitetônico que ele promoveu, me apresentando aos prédios e equipamentos de Phillip Johnson e Philipe Stark. Em troca, queria levá-lo para ver as obras do Bispo, que ele já admirava, mas não conhecia o "contexto" onde o artista vivera durante 50 anos.

Entra-se na Colônia por um portão com a inscrição em latim — *Praxis omnia vincit* (O trabalho tudo vence) —, que desperta tristes evocações fascistas. Mas, logo depois, sobe-se uma escada e no segundo andar é o espanto. Primeiro, porque a sala de exposição permanente podia estar no Moma — pelo bom gosto, organização e limpeza. Quem nos recebe é o homem que fez tudo isso — levantou o material, desenhou a mostra, está restaurando as 800 peças —, o psicanalista Jorge Gomes.

Mas o grande momento é quando a gente se depara com as obras de Bispo. No centro da sala, está a *Roda da fortuna*, que parece a *Roda de bicicleta*, de Marcel Duchamp, com o qual o brasileiro já foi comparado sem jamais tê-lo conhecido. Mais atrás está o famoso *Manto da apresentação*, bordado em cobertor vagabundo, para ser usado pelo artista na viagem derradeira ao encontro de Deus.

Em volta, os estandartes, as *assemblages*, os barcos, os objetos, as canecas de alumínio, os tênis, botões, garrafas de plástico, pedaços de pau recobertos com a desbotada linha azul que ele retirava do uniforme, enfim, toda a impressionante estética do resto, da precariedade, dos destroços, com a qual tecia sua arte.

Bispo um dia teve uma visão e ouviu a voz divina que lhe ordenou: "Está na hora de você reconstruir o mundo." A partir de então, passou a reorganizar o universo com o lixo e o resto que recolhia, e a preparar sua viagem. Dormia sobre o cimento, tendo uma cama, porque esta foi transformada na nave que o levaria ao céu coberto pelo manto. A viagem foi sua obsessão, não apenas porque era um ex-marinheiro, mas por causa de sua "missão". Nunca se sentiu um artista, mas um missionário.

Depois de ver o universo mítico de Bispo, é quase impossível suportar o seu universo real: a casa-forte, hoje desativada, onde passou grande parte de sua internação. São dez celas mínimas com uma latrina no canto, em volta de um pátio escuro, úmido, sujo — e Gerald insiste para que tudo seja mantido assim mesmo, sem nenhuma maquiagem, para que se fique perguntando como ali pôde um dia haver vida, quanto mais arte.

Na volta à sala de exposição, Gerald, que não pode ser acusado de caipira, senta-se no chão e fica diante de uma obra, em êxtase de contemplação religiosa. Gerald é homem de teatro, teatral. Morde as unhas, suspira, se exalta. De repente se levanta, anuncia que vai fazer uma peça sobre o artista, é preciso reunir os intelectuais, quer liderar um abaixo-assinado — "Temos que mostrar ao mundo esse gênio", diz, com razão.

Ei, ei ei, Darcy é o nosso rei

Que toquem os tambores de todas as tribos — do campo e das cidades. Morreu o grande pajé, foi embora o nosso bom selvagem, subiu aos céus o nosso feiticeiro. A utopia ficou sem sua encarnação. A política, a ética, a erótica e a poética perderam sua rima rica. Todo mundo quando morre faz falta para alguém, mas Darcy Ribeiro vai fazer falta para todo mundo — afetos e desafetos —, em todas as aldeias: locais e globais.

As mulheres, não só as que ele amou e que o amaram mas também as que ele não teve tempo de amar, estão inconsoláveis. As crianças ficarão órfãs; os índios, desvalidos; os caboclos, abandonados; as cabeças, sem idéias; o humor, sem graça, e Brasília mais pobre ainda.

Darcy não foi vencido pela doença, como se disse. Ele, que sempre se achou um glorioso perdedor, mais uma vez sai vitorioso. Foi sempre assim: suas derrotas eram seus triunfos. O que vai ficar dele não é o mesquinho e mofino câncer que o matou, mas sua vida fabulosa.

O que faz do câncer uma doença abominável é sua capacidade de humilhar e de estigmatizar, e isso ela não conseguiu com Darcy. Aliás, não conseguiu nem transformá-lo em *paciente*. Alguém conheceu algum doente mais irrequieto, mais impaciente? Em seus longos anos de doença, ele não foi tomado pela depressão. Assistiu-se a muita dor, a crudelíssimos sofrimentos, mas submissão ao mal, jamais.

Darcy desfez até aquele clima de tragédia com que a doença costuma envolver suas vítimas. Com um estoicismo cheio de humor, ele dessolenizou o câncer, tirou-lhe aquela gravidade homicida, brincou com ele, gozou-o, debochou e de certa maneira desmoralizou-o. Passou a mão na bunda do câncer, como ele diria. Depois de Darcy, o câncer não será o mesmo, não terá a mesma arrogância.

O seu enterro foi como ele quis, glauberiano, formidável, miscigenado e sincrético, misturando brancos e negros, credos e crenças, várias bandeiras, Bach e hinos patrióticos. Nunca se viu um funeral tão festivo e divertido. Nunca se riu e se cantou tanto no cemitério. Foi outra lição que ele mesmo deixou — a de que se pode chorar rindo. Que nem sua vida, que foi um eterno gozo até no sofrimento. Só faltava ele fugir do mausoléu, como fez na UTI. Na verdade, ninguém sabe se ele não fez isso depois que todo mundo foi embora, e um dia vai surgir de novo entre os kadivéu.

Uma de suas jovens viúvas resumiu o clima do velório. "Vesti a minha minissaia mais curta e fui para lá conversar com ele. Destampei o caixão, acariciei o seu rosto e lhe disse uma série de obscenidades, como ele gostava. Ah, Darcy, como me arrependo de não ter *dado* pra você nas duas vezes que você me cantou! Depois fomos beber no botequim em frente."

Para quem gostava tanto de alegoria e metáforas, sua morte simboliza a perda de um dos pedaços mais indispensáveis do país, a porção iracunda (que não tem nada a ver com a irada), aquela que sabia dizer "não", inclusive a seus amigos, como fazia com o presidente da República, sem perder a ternura jamais.

FH pode ser o príncipe, que aliás ameaça se transformar em déspota esclarecido. Mas Darcy será sempre o nosso rei, ou imperador, como queria. Em pleno reino da unanimidade, ele nadava contra a corrente. Foi o nosso mais encantador contraponto, o mais charmoso contracanto, o mais amoroso contrapeso. O *darcysista* Darcy Ribeiro foi não só o homem mais inteligente do Brasil, mas o mais bonito, para usar o elogio de que mais gostava e que ele mesmo se fazia.

Enfim, a unanimidade inteligente: Fernanda

Se tivesse visto a exposição dos 50 anos de carreira e 70 de vida de Fernanda Montenegro, o presidente Fernando Henrique teria sido um pouco mais abrangente e generoso no elogio que fez ao receber a seleção campeã da Copa América.

Ele disse então: "Se há alguma coisa de que o Brasil se orgulha, além do samba e do carnaval, é o futebol." Tudo bem, todo mundo de acordo — o futebol e seus craques. Como não admirar um país que é capaz de produzir numa mesma geração, quase ao mesmo tempo, dois Ronaldinhos, isso após se pensar que ele esgotara essa dupla capacidade, ao criar há 40 anos Pelé e Garrincha?

É o futebol, mas também a cultura. Não como a Economia e a Política, que são segregadoras, a nossa cultura é de integração; ela une o que a economia separa. É dos campos, das telas, dos palcos, é desses ricos espaços de invenção que têm vindo nossos melhores artistas e algumas das razões de alegria e orgulho nacionais — do cinema, da música, do teatro, da literatura. Fernanda Montenegro, intérprete, tradução e síntese, é o melhor sinal de vida desse Brasil criativo.

Nada contra o presidente almoçar com Ratinho em Palácio, nenhuma patrulha elitista; afinal, o presidente come e discute Weber com quem quiser, questão de gosto. Mas alguém deveria ter-lhe dito que se Ratinho vale um almoço, Fernanda vale um banquete. E se isso fosse difícil, já que ela é avessa ao teatro da corte, ele poderia compensar vendo a exposição "Fernanda em Cena", no MAM do Rio, que felizmente vai percorrer outras cidades.

Lá estão fotos, vídeos, figurinos, textos e depoimentos sobre a atriz.

São 50 anos do que o Brasil tem de melhor em termos de teatro, cinema e televisão e aos quais Fernanda deu cara e voz, expressão e sentimento. Está tudo lá: de *Alegres canções nas montanhas*, de Julian Luchaíre, em 1950, a *Central do Brasil*, de Walter Salles, no ano passado, o filme que revelou ao mundo o que já se sabia: que ela é uma das melhores atrizes de todos os tempos, daqui e lá de fora.

Sai-se com vontade de completar a frase do presidente: "Se há alguma coisa de que o Brasil se orgulha..." é essa invejável artista e admirável cidadã — prova de que a unanimidade pode ser inteligente. Fernanda sempre foi vista no lado certo das coisas. Atriz, nunca apelou para os recursos baratos. Personalidade pública, jamais expôs sua vida privada. Costuma-se dizer que junto a ela não medra a fofoca, não viceja a intriga, não acontece o escândalo. Nem por isso transformou sua correção cívica e integridade moral em moeda de *marketing*.

Fernanda não é bonita, mas é linda. Não alisou uma ruga, não repuxou um pedaço de pele, não cobriu um sulco, não escondeu em suma os sinais do tempo, suas marcas e vincos: é a própria beleza da imperfeição estética. É a antidiva que em Hollywood, em meio àquele festival de rostos vazios e formas vãs, foi capaz de se auto-ironizar apresentando-se como "A velha garota de Ipanema".

O filme *Central do Brasil*, como se sabe, é uma espécie de metáfora de um país sem a figura do pai. Já se disse até que esse é, psicanaliticamente, o grande problema do Brasil. Ao contrário do que o México fez com a Espanha e os Estados Unidos com a Inglaterra, nós não "matamos" o nosso pai português. Daí essa história mal resolvida. Fernanda foi no filme a cara desse país sem pai e com forte presença da mãe — ela foi a sofrida mátria amada Brasil.

Que o presidente não tenha dúvida: esses nossos tempos tão mofinos e esse nosso país tão injusto um dia serão lembrados não por Ratinho, mas por Fernanda Montenegro e sua arte redentora.

Melhor que o personagem que encarnou

A melhor homenagem que se pode fazer a Paulo Francis é analisá-lo sem indulgência, como ele fazia com tudo e com todos. Uma das diversões de seus amigos era falar mal dele. Como se sabe, sua avassaladora inteligência e sua insuportável memória nem sempre andavam acompanhadas da sensatez.

Uma semana antes de sua morte, escrevi um artigo sobre o *Manhattan Connection*, para a revista *Net*, acusando-o de dirigir "o seu *desconstrutivismo* não para desmontar falsas construções, o que faz magistralmente, mas para atacar pessoas, defender preconceitos e destruir reputações".

A rica e contraditória personalidade de Francis convidava a compreendê-lo sem lhe dar razão, a gostar sem concordar. Ele mesmo escreveu, ao fazer o comovido elogio fúnebre de Antonio Callado, que era importante manter as amizades acima das diferenças políticas: "O nome disso é civilização." Em Francis, o que mais fascinava não era o ego, mas o superego — ou sua ausência. Nelsinho Motta declarou que não conheceu ninguém que, como ele, dizia tudo o que pensava. O problema é que muitas vezes o Francis não pensava o que dizia.

Não era fácil encontrar alguém com tanta coragem para dizer certas coisas sem submetê-las antes à autocensura e ao controle social. Ele exibia suas piores fantasias ideológicas, suas zonas de sombra e seus desejos ocultos sem qualquer má consciência, remorso ou culpa: a purificação étnica, a impiedade, o preconceito, o racismo. Nada de que ele devesse se orgulhar e nada que a gente devesse invejar. Mas pelo menos sem hipocrisia.

Uma ironia. Ele, que não gostava de consenso, acabou produzindo pelo menos um ao morrer: as pessoas que conviveram com ele, dos amigos íntimos aos companheiros de trabalho, foram unânimes em afirmar que Francis era um em público e outro, muito diferente, na vida privada. "Pessoalmente é mil vezes melhor do que o personagem que encarna", eu dizia ainda no artigo.

Ator frustrado, Francis representava um papel e encarnava uma *persona*. Soltava publicamente os seus demônios e guardava para distribuição interna o afeto que se encerrava naquele peito juvenil. Deve tê-lo irritado muito a tendência *post-mortem* de reduzi-lo, como definição, ao estereótipo de "jornalista polêmico", como se a polêmica, por si só, valesse alguma coisa na terra onde até o bumbum da Carla Perez é polêmico.

Ele foi muito mais do que isso. Encarnou radicalmente cada época que viveu. Para só falar dos anos 90, foi o primeiro a perceber que, se a democracia no Brasil foi conseguida graças ao consenso, para mantê-la e consolidá-la eram precisos a dissidência, a discordância, a dissonância e o debate, tudo o que ele representou de maneira exacerbada e exorbitante, mas sempre estimulante.

Sempre foi mais fácil desqualificar o Francis, chamando-o de traidor, vendido ou vira-casaca. Muitos achavam que esse ex-trotskista tinha mudado de lado por encantamento com a nova moda neoliberal. Mas pode ser que tenha sido levado pelo desencanto — desencanto com a esquerda, com a revolução, com a política, enfim com o sonho de sua geração. Era chamado de traidor, mas se sentia traído. Ao renegar seu passado, se *desconstruiu* primeiro — suas crenças, sua história, seu sonho.

O perigo é acontecer com Paulo Francis o que aconteceu com Nelson Rodrigues, com quem tanto se parece. Nelson é hoje tudo o que abominou: uma unanimidade. Foi tão odiado vivo quanto é exaltado morto. Admira-se não só o que ele tinha de melhor, e que não era pouco, mas até os erros, como seu apoio à ditadura e sua insensibilidade para com os que resistiram.

Esses dois extraordinários personagens cometeram enganos parecidos. Um antes da hora, e o outro, depois. Nelson fez a crítica da esquerda quando ela ainda era perseguida; Francis fez quando ela já estava vencida. Tão arguto, Paulo Francis não percebeu que o país precisava e precisa de antídoto não contra a esquerda, mas contra a direita, a nova direita.

Em algum lugar ao norte do país

Genésio, a testemunha, está voltando. Não para o Acre, como queria, mas para um outro estado do Norte. Se ele voltasse para sua terra natal, seria fatalmente morto, me garantiram por telefone queridos amigos acreanos. Se não diretamente por Darli e Darci, que estão foragidos, pelo menos por alguém da família. Não tive por que duvidar. Essa família quando promete, mata. Já fez isso antes.

Para quem não se lembra, o cidadão Genésio Ferreira da Silva foi a principal testemunha do caso Chico Mendes. Como morador da fazenda do velho assassino Darli, onde vivia desde os sete anos, o menino acompanhou os preparativos do crime, ouviu o relato de seus autores, constatou evidências — e resolveu contar tudo à polícia.

Quando o conheci em 1989 em Xapuri, onde eu fora para uma série de reportagens, ele tinha pouco mais de 13 anos, e sua vida não valia nada. Passava os dias no quartel da PM e dormia na delegacia, mas todo mundo sabia que nada disso ia adiantar; nenhuma medida de segurança iria impedir que lhe acontecesse o que aconteceu a Chico. Era questão de tempo, ele seria morto. Naquelas plagas, ninguém é testemunha de acusação impunemente. Resolvi então trazê-lo para o Rio.

Em dezembro de 90, voltamos para o julgamento — "o julgamento do século", como se escreveu — que atraiu a imprensa e os ambientalistas do mundo todo, formando aquele grande circo, não sei se vocês se lembram. Com uma coragem que impressionou o júri, Genésio confirmou o que sabia, e o seu depoimento acabou sendo decisivo para a condenação de Darli e seu filho Darci a 19 anos de prisão.

O garoto saiu do julgamento como herói: com convites para estudar nos Estados Unidos, oferecimento de bolsa e até notícia na TV informando que ele já estava lá em conforto e segurança. Desligadas as câmeras, nada disso aconteceu. Genésio cumpriu o seu dever, mas quase ninguém cumpriu suas promessas.

De meados de 1989, quando veio para morar, até agora em 95, quando volta com 20 anos (faz em agosto), Genésio passou por muitas escolas, cidades e experiências, numa inadaptação permanente. Nunca se aclimatou ao Sul, esse ser telúrico, produto quase vegetal dos povos da floresta. Choque cultural é isso aí. Decididamente, seringueira do Acre não vive na areia de Ipanema.

Cessa agora a minha responsabilidade — se esse tipo de compromisso tivesse data para cessar. De qualquer maneira, ele terá quem cuide dele onde vai começar vida nova. Na sua conta bancária, leva o dinheiro que consegui arrancar dos produtores americanos como pagamento pelo direito de usar sua imagem no filme sobre o líder seringueiro.

Não é muito, porque o Plano Collor comeu uma boa parte, mas vai dar para comprar uma Kombi e uma casinha para levar sua mãe, como sonha fazer. Impus como condição que ninguém — muito menos eu, claro — pudesse ter acesso ao dinheiro depositado, que só seria mexido quando ele completasse 21 anos. Achei, porém, que seria injusto retardar sua emancipação, agora que resolveu partir. Uma autorização especial do juiz Siro Darlan derrubou barreiras burocráticas e facilitou as coisas.

Ao mostrar o esconderijo dos assassinos de Chico Mendes, o *Fantástico* de algumas semanas atrás serviu de vez para demover Genésio de sua insistência em voltar para Xapuri. O perigo anda solto, morando ao lado, ali em Cobija. Ele sabe como é fácil atravessar a fronteira, para lá ou para cá, coisa que aliás vêm fazendo Darli e Darci, à vontade, impunemente.

Menti pedindo a Genésio um pouco mais de paciência — que tivesse calma, pois em breve, quem sabe, ele ia poder voltar, pisar em bosta de boi, tirar leite de vaca, pegar o cavalo, disparar mata adentro e sangrar a primeira seringueira para ver a seiva correr, como fazia antes de Chico Mendes morrer.

Não tive coragem de lhe dizer que jamais voltará a fazer isso em sua terra natal sem risco de vida. Achei uma maldade revelar a um jovem de 20 anos, cheio de desajustes e de traumas, que o destino das testemunhas aqui é esse, é ficar fugindo. Agora, quando me perguntarem, como fazem sempre — "aquele garoto ainda está nos Estados Unidos?" —, já sei o que responder: não, está escondido em algum lugar ao norte de um país que assassina seus heróis, deixa os criminosos soltos e não dá proteção às testemunhas.

De timidez e de dois tímidos muito especiais

Os dois mais célebres tímidos das letras nacionais não se conheciam. Alguém então disse "Vocês não sabem o que estão perdendo" e apresentou um ao outro — Rubem Fonseca e Luis Fernando Verissimo — no jantar que Luiz Schwarcz ofereceu em homenagem a Jô Soares em São Paulo. Com eles juntos, temeu-se que fosse começar ali um animado silêncio.

Anos atrás, os dois haviam participado de um desencontro histórico, quando almoçavam em mesas separadas no restaurante do hotel Ouro Verde, no Rio. "Eu tentei me levantar duas vezes para ir à mesa dele, mas não tive coragem", disse Rubem Fonseca. "Eu também", informou muito depois Verissimo. Agora os dois estavam ali, cara a cara. E se não abrissem a boca? E se a conversa terminasse antes de não começar?

Felizmente, perto de Verissimo, Zé Rubem chega a ser um falastrão, capaz até de tomar a iniciativa de um papo. As razões podem ser encontradas na teoria que ele mesmo criou sobre o gênero que tem nos dois seus mais divertidos representantes. Segundo ele, existem duas modalidades opostas de timidez. "O Luis Fernando é um tímido arrogante", explicou. "Daqueles que parecem dizer: 'Sou tímido mesmo, e daí?.'" Seria assim um tipo assumido, apresentando o paradoxo de quase ter orgulho de sua condição.

"Você não viu como no programa do Jô a câmera mostra todo mundo rindo e o Verissimo sempre sério? Ele parecia dizer pra todo mundo: 'é isso mesmo, não rio, pronto.'" No fundo, Zé Rubem estava cheio de inveja, pois se situa no extremo oposto — é o melhor espécime do que sua teoria chama de "tímido envergonhado", aquele que procura disfarçar o defeito fingindo o contrário. "Falo, rio, faço brincadeiras, tudo pra me esconder, pra ninguém perceber que sou tímido. Morro de vergonha de minha timidez."

A técnica às vezes funciona. Rubem Fonseca já conseguiu enganar um país inteiro. Em Cuba, onde melhor exercita seu disfarce, as pessoas perguntam incrédulas: "É verdade que no Brasil Rubem não gosta de aparecer?". De fato, quando em perigo, o tímido envergonhado é capaz de muita audácia. Há pouco tempo, ele foi ameaçado de ser descoberto num restaurante do Leblon:

— Acho que estou reconhecendo o senhor — disse a dona da casa. — O senhor não é escritor?

— Sou sim — respondeu correndo Zé Rubem. — Meu nome é Ruy Castro.

Recolhido à sua silente arrogância, Verissimo a tudo escutava. Sou testemunha de que pelo menos uma vez ele disse "pois é", parecendo que ia começar pelo fim uma promissora frase. Nesse momento, porém, Jô passou, meteu a cara na conversa e estragou tudo:

— Pára de falar, Luis Fernando! Você não deixa ninguém falar!

Quase que arrependido da tentativa, o arrogante voltou ao seu silêncio, enquanto o envergonhado continuava com a língua solta, rindo do colega pelo defeito congênito.

Algo mais liga os dois tímidos além da admiração mútua que faz com que Rubem Fonseca acorde às cinco horas da manhã para ler Verissimo no jornal e este tenha como autor de cabeceira o seu leitor diário. Os dois gostariam de ser Jô Soares. Zé Rubem dizia no jantar de terça-feira morrendo de inveja: "Assim não dá! É engraçado, desinibido, inteligente e culto. Enquanto estava fazendo *show*, teatro, pintura, jornalismo, tudo bem, não ameaçava a gente. Mas fazer literatura também é demais!"

Embora naturalmente mais identificado com Zé Rubem, sou solidário com o Verissimo. Se fosse na rua aquele encontro e um desavisado passasse, na certa ia dizer: "O magro é muito simpático; o mais gordo não, é meio besta, deve ser o sucesso." O Verissimo realmente deve sofrer mais. As lendas e folclore sobre sua avareza vocabular chegaram a tal ponto que ele não pode mais abrir a boca para dizer um "obrigado" que há sempre um gaiato por perto pra pedir "bis!" ou pra cantar "parou, parou por quê?". Agora, por exemplo, estão espalhando que ele não é mais aquele desde que Paulo Caruso lançou o *slogan* LFV-98. "Não vê que ele já está em campanha?", era a piada dessa semana em São Paulo — uma piada de mau gosto, porque Luis Fernando Verissimo é, como era o Velho Braga, um dos mais agradáveis silêncios que eu já conheci. Palavra de tímido envergonhado.

Esse é o verdadeiro Brasil. Ou é o outro?

A impressionante comoção popular causada pela morte do cantor Leandro, misturando-se com o gosto amargo da derrota da seleção e dando a sensação de duas decepções simultâneas, serviu para demonstrar como a gente conhece pouco o Brasil e os brasileiros.

A "gente" no caso sou eu, que não conhecia um único dos 10 milhões de compradores dos discos de Leandro-Leonardo, que fazem da dupla sertaneja uma recordista de vendas. Para ser mais preciso, eu conhecia duas pessoas, que declaradamente eram fãs da dupla, mas estas não valiam porque formavam na verdade outra dupla sertaneja, só que falsa: Rosane e Fernando Collor.

Jamais conheci alguém que um dia me tivesse perguntado: "Você já ouviu o último disco do Leandro e Leonardo?" Do repertório da dupla, eu me lembrava vagamente de ter ouvido apenas duas músicas, e assim mesmo sem saber que eram deles: a que diz "Se de dia a gente briga, à noite a gente se ama" e a não menos famosa "Pense em mim".

A homenagem que a Globo fez na quarta-feira fundindo vários especiais, que eu vi enquanto fazia hora para assistir à imperdível *Hilda*

Furacão, mostrou como esses dois ex-catadores de tomates chegaram à fama e à fortuna, encantando milhões de fãs.

Para quem, como quase todos os brasileiros, ou é do interior ou tem um antepassado lá, carregando por isso a nostalgia da rapadura e do luar do sertão, o espetáculo foi um reencontro com nossas raízes rurais. Sorvi suas músicas como se tivesse tomando um delicioso caldo de cana à beira da estrada — mas um só, para não enjoar.

Emoções baratas, dirão os cosmopolitas pós-modernos, esquecendo-se de que somos todos caipira-pira-pora, devotos de Nossa Senhora de Aparecida. Não importa que Leandro-Leonardo e as outras duplas sejam caipiras afluentes, mais para caubóis do que para jecas tatus; o fato é que eles, com suas melodias redundantes e letras pleonásticas, tocam as cordas mais profundas de nosso romantismo atávico e de nosso lirismo arcaico, enfim, de todos os substratos luso-célticos que condicionaram a nossa formação sentimental.

"O verdadeiro Brasil é fulano", costuma-se dizer, concentrando tudo num acontecimento ou personagem, na ânsia de querer saber que país é esse e quem é esse misterioso povo. "O Brasil é o futebol", "O Brasil é Caetano", "Não, é Chico", e assim por diante. Por etnocentrismo, um desvio graças ao qual a gente se acredita centro ou umbigo do mundo, só elegemos os nossos conhecidos ou afins. Mas e se o verdadeiro Brasil for Leandro e Leonardo?

E se for Hilda Furacão? Depois de beber caldo de cana, bebi o néctar servido por Roberto Drumond, Glória Perez e Wolf Maia. Roberto criou uma personagem que já tem o seu lugar garantido no panteão das inesquecíveis heroínas brasileiras, ao lado de Diadorim, Dona Flor e Tieta, para só citar as mais recentes. Hilda é pura, devassa, liberta, revolucionária por instinto e feminista por vocação. Glória recriou magistralmente a personagem e Wolf lhe deu impecável existência dramática.

Uma história que poderia ter caído na vulgaridade ou na apelação transformou-se, pelo requinte do tratamento artístico que recebeu, pela direção, pela interpretação, por tudo, a começar pelo próprio romance, num dos momentos estéticos mais criativos, refinados, admiráveis da dramaturgia televisiva brasileira.

Toda noite dá vontade de dizer: "Esse é o verdadeiro Brasil." Mas se torna ocioso continuar procurando o país numa só pessoa e num só lugar. Ele é esse e aquele, não esse *ou* aquele. O que tem de melhor é a variedade. Ele é especial por ser diverso, é singular porque é plural.

À sombra
de dinossauros em flor

Quando se descobre que numa mesma semana pode-se ler a monumental autobiografia de Lucio Costa, ouvir Darcy Ribeiro até a exaustão junto com Oscar Niemeyer (que o entrevistou ao lado de Antonio Callado e Antonio Houaiss, entre outros menos velhinhos) e rever *Deus e o diabo na terra do sol*, do Glauber, chega-se à conclusão de que um país que é capaz de produzir tantos talentos assim, se não tiver jeito, não será por falta de inteligência.

Todos os citados dinossauros acreditam que um dia a nossa gente bronzeada vai poder mostrar o seu valor. Eles têm em comum a mania de assumir a humanidade como seu problema e de tomar para si as dores do país. Une-os a certeza de que o Brasil vale a pena.

Lucio, Darcy e Oscar, por exemplo, somam mais de 200 anos. São três velhinhos enxutos, cabeças feitas, bravos combatentes do iluminismo e da utopia. São heranças modernas, ou melhor, *modernistas*, se se quiser colocá-los na categoria dos que reinventaram o seu tempo, fizeram e aconteceram, criando e recriando uma idéia de país, ensinando a ver e ajudando a pensar.

Cada um na sua área produziu uma obra que atravessará o milênio. Não há dúvida de que daqui a pouco ou daqui a 100 anos, quando nós mortais estivermos esquecidos, Lucio Costa, o urbanista, Darcy Ribeiro, o antropólogo, e Oscar Niemeyer, o arquiteto, serão lembrados e discutidos — continuarão vivos. Os três fizeram tanto por este século que acabaram adquirindo um pouco a cara dele: de sua riqueza e contradição.

Embora tão iguais e diferentes entre si — Lucio e Oscar no seu classicismo, Darcy no seu romantismo e Glauber no seu desvairismo —, esses visionários perseguiram os caminhos utópicos no país que é considerado por Darcy como "o fundador das utopias", quando nada por ter inspirado Thomas Morus a escrever a sua famosa *Utopia*.

Sabe-se que nesses tempos pós-modernos a utopia saiu de moda e a história caiu em desuso. No meio da onda reformista que por si só não é ruim, mistura-se porém uma perigosa ideologia de desmonte e uma exaltação da amnésia histórica que quer ver o passado como coisa perempta e obsoleta, descartável.

A obsolescência planejada, que torna um produto antiquado ou superado antes do tempo, parece ter contaminado também a área do pensamento. Abandona-se uma idéia hoje como se abandona uma roupa que saiu de moda. A voracidade com que se consome tudo que é novo só é comparável à velocidade com que ele é produzido. O novo de hoje é o anacrônico de amanhã.

Uma das lições que nos dão esses que foram vanguardistas em seu tempo é que, apesar de revolucionários, não tentaram cancelar o passado ou suprimir a memória. Lucio nunca deixou de reverenciar o Aleijadinho, Oscar incorporou às suas arrojadas curvas as torsões do barroco mineiro, Darcy viveu dez anos entre os índios e Glauber foi buscar no imaginário ancestral de sua terra o material para sua obra-prima.

Não conseguia deixar de pensar nisso ali no escritório de Oscar Niemeyer diante de Darcy e daquela paisagem estonteante: o mar parecendo irromper pela janela a dez andares de altura, junto com o sol e uma luz insolente, num daqueles dias que se dizem feitos especialmente para exportação. Na mesa, em volta de Darcy, Oscar, Callado, Houaiss, Gullar, Zelito, Eric e Renato Guimarães, que vai transformar a entrevista em livro.

Na véspera eu tinha acabado de *navegar*, como se diz hoje, pelas 600 páginas de *Lucio Costa — registro de uma vivência*. Há muito o que curtir nessa autobiografia, mas por deformação profissional o que mais me fascinou foi a qualidade do texto. Aliás, tanto quanto os traços e as formas, há em Lucio e Oscar a sedução do texto escrito, assim como em Darcy há a sedução do texto, digamos, oral.

Lucio foi capaz de transformar a *Memória descritiva do Plano Piloto*, de Brasília, numa obra literária que contém pelo menos um trecho antológico: "Nasceu do gesto primário de quem assinala um lugar ou dele toma posse: dois eixos cruzando-se em ângulo reto, ou seja, o próprio sinal-da-cruz."

Darcy, além de tudo, é uma espécie de genial rapsodo da cosmogonia indígena. Na quinta-feira ele falou durante cinco horas sem parar, inclusive nos intervalos em que deveria descansar. No final, fascinados e exaustos, os entrevistadores saíram com a certeza de que fora um dia histórico. Só faltou um outro velhinho, Drummond, para botar na boca do amigo Darcy a epígrafe:

"E como ficou chato ser moderno,

Agora serei eterno."

P.S. Entre esta crônica, publicada em 14-10-95, e a edição deste livro, morreram Lucio Costa, Darcy Ribeiro, Antonio Callado e Antonio Houaiss.

Como imaginar que dessa vez era para valer?

Meu caro Betinho:

Sua morte foi um acontecimento, você precisava ver. Primeiro, o choque e o pranto, como se ninguém a esperasse. Mas, depois, a celebração, como você queria: sem morbidez, sem baixo astral e sem pieguice. Houve até um momento de humor, que ficou por conta da Maria. Na sua fala de despedida ela disse "Sobrou pra todos nós", como você gostava de dizer.

Pra variar, você surpreendeu até no final, inclusive o pessoal do Viva Rio. Na sexta-feira, sem saber de sua decisão de partir, cada um dos presentes à reunião escreveu numa folha um bilhete meio que exigindo sua presença. Você não deve ter lido.

Como é que podíamos imaginar que dessa vez era pra valer? Quantas vezes você faltava e alguém justificava: "O Betinho não vem porque tá mal." E na reunião seguinte corrigia: "O Betinho já tá bem." Quantas vezes a gente te gozou dizendo que a sua doença era *marketing*?

Sempre aprontando, hein! Escapa da hemofilia, da tuberculose, do vírus da aids e vai morrer de hepatite, cara!

Você teve cobertura de ídolo nacional. Obrigou os jornais a retardar as edições no sábado, dia em que fecham cedo, e a lhe dedicar páginas e páginas: artigos, perfis, declarações — tudo para mostrar como se pode transformar uma vida sempre à beira da morte, mofina, numa existência gloriosa e exemplar. Comovente. Deu até no *New York Times*, amigo.

Que mudança! Me lembrei muito daquele começo de campanha e do seu esforço para conseguir uma notinha. Você, que nunca foi jornalista, manipulou o mecanismo da imprensa como nem todos nós juntos. No início cheguei a ouvir: "Mais velho do que a fome só o Betinho." E em pouco tempo você fez de si novidade e da fome, notícia. Se impôs e nos pôs a serviço de sua causa. Aliás, pôs todo mundo: nós, os políticos, os artistas, os jogadores, os empresários, o governo.

Alguns o classificavam como assistencialista, idealista, utópico, querendo dizer que não passava de um boboca sonhador. Como bom mineiro, você ria. Eles não percebiam que você sabia que não ia abolir a fome nem erradicar a miséria. O que queria era tirar o país do conformismo, passar da indignação à ação, mostrar que fome e miséria são um escândalo e uma indecência. O que você quis e fez foi derrotar a razão cínica nesses tempos de insensibilidade e substituí-la por uma razão ética.

Acho que vamos perguntar a vida toda como alguém desenganado espalhou tanta esperança e como um sangue contaminado produziu tanta energia positiva para contagiar o país.

Por isso é que uma pesquisa recente, que não tive tempo de comentar com você, o colocou entre as dez pessoas mais felizes do país, ao lado de Pelé, Xuxa, Antonio Ermírio, Ronaldinho, Roberto Marinho. Já imaginou? Você deve ter dito o que costumava dizer: "O povo sabe das coisas." De fato, sabia perceber o quanto de alegria e felicidade podia haver numa vida estóica.

No meu bilhete, eu dizia: "Volte logo. Sem você aqui as reuniões perderam a graça." Agora vejo que não só as reuniões, mas o Brasil também. O consolo é que, com tanta gente boa que partiu ultimamente, talvez esteja melhor aí do que nesse país onde cinco pivetões de luxo queimam um índio e fica-se sem saber o que é mais hediondo, se o crime ou a sentença dessa juíza sem juízo. Ainda bem que você já tinha ido.

Na manhã do velório, Rubem e eu fomos levar Dorrit ao aeroporto. Lá, resolvemos beber em sua homenagem. Rimos muito, lembrando suas artes. Mas cometemos uma traição: tomamos vinho. Estava muito frio para a cerveja.

Bem, amigo, eu ainda vou ficando um pouco por aqui, tentando disfarçar e preencher com riso esse vazio que você deixou. Adeus.

Apenas um brasileiro descrente

A cidade parecia que ia submergir depois de meia hora de chuva, quando o motorista de táxi comentou: "O senhor se lembra que, com aquelas obras da Prefeitura, o Rio não ia mais encher?" Num sinal, o carro não andava, boiava. Acabou seguindo e ele continuou falando. "E essa é só a primeira chuva."

A enchente era pretexto para ele desenvolver a tese de que a falta de memória do povo é que é responsável pelas desgraças do país. "Não é a corrupção?", provoquei. "Não, é o esquecimento. Só tem corrupção porque a gente esquece, esquece de tudo. O homem que fez aquela promessa do Rio sem enchente vai ser eleito governador, o senhor quer apostar?"

Bom ouvinte de rádio, perguntou se eu já sabia da última notícia, ele tinha acabado de ouvir: Collor ameaçava de novo se candidatar à Presidência. "O senhor quer apostar que ele vai conseguir?" Esbocei um tímido protesto contra seu pessimismo: afinal o país tinha melhorado sob vários aspectos... "Desculpe, mas quais?", ele interrompeu. Citei o Real, uma moeda estável...

"Pra quê? Pra provocar desemprego? Daqui a pouco vou querer a volta da inflação."

Além de ouvinte, era leitor; pelo jeito gostava de se informar e de apostar. Acompanhava todo o noticiário, às vezes até da televisão. Estava impressionado com as filas para matrículas nas escolas públicas. "O senhor não se lembra do presidente falando em ano disso, ano da educação, prometendo botar todas as crianças na escola?"

Das notícias lembradas pelo meu proustiano motorista, essa das filas era para mim a mais escandalosa. Eu tinha visto na televisão mães e pais se revezando três dias e três noites nas filas de matrícula.

Estava tentando imaginar como deve ser horrível passar aquelas horas ali. Se ainda no final obtivessem uma vaga, mas não, muitos, a maioria, não conseguia; era tocante ver as caras de desespero e de cansaço inútil.

Pois foi depois de uma cena dessas que apareceu na TV uma assessora do MEC explicando o fenômeno. Ela não entendia muito bem o porquê daquela corrida, das filas, já que não faltavam escolas. Segundo sua lógica impecável, aquilo só acontecia porque os pais estavam procurando as melhores escolas.

"O que se tem que perguntar" — foi o que ela disse quase literalmente — "não é por que há essas filas, mas por que os pais escolhem umas e não outras escolas?" Como boa burocrata, não se sentiu na obrigação de nos ajudar a responder ao enigma proposto. O que será que ela queria dizer? Que os pais deviam procurar as piores? Ou que brasileiro é assim mesmo, masoquista, gosta de fila? Quem quisesse que adivinhasse.

"Pois é, mas o senhor quer apostar como ele vai ser reeleito?", o motorista retomou a conversa. Sua teoria é que Fernando Henrique não só vai ser reeleito, como fará um governo pior. "Se em campanha, quando todo político quer agradar, está assim, imagina quando for reeleito. Bem-feito, quem manda esquecer."

Sobrou para os médicos — "O senhor quer apostar como essa coisa de órgãos vai virar o maior negócio do país?" — e até para minha categoria. Quando anunciei que estava indo para uma festa de formatura, ele estranhou: "Mais jornalistas?" Não me identifiquei: "É por causa da imprensa que o brasileiro esquece tudo. Os jornalistas falam num dia e esquecem no outro."

Primeiro, achei que o motorista era Brizola, depois Lula, Itamar, Maluf, comunista, fascista. No final da corrida, no Leblon, descobri que ele não era nada; não era político, não era anarquista — era apenas um brasileiro com memória começando o ano de 98. E apostando na descrença.

Tá faltando um
no nosso zunzunzum

E o Rio, hein, quem diria, perdeu a graça.

No dia em que Zózimo morreu, mas horas antes de chegar a notícia, passei por um trecho da praia de Ipanema para ver o que um leitor de *O Globo* havia denunciado como "falta de respeito ao cidadão". No caminho, encontrei por acaso Albino Pinheiro, um carioca da gema, e fomos nos irritar juntos contra o que era ainda mais grave do que o que leitor dizia. Era um atentado — ao espaço público, ao direito de ir e vir, à estética e à ecologia.

A Coca-Cola, com autorização da Prefeitura, segundo a carta do leitor, "plantara" duas gigantescas árvores artificiais, horrorosas, para fazer a propaganda de um refrigerante: uma em frente à Casa Laura Alvim e outra no calçadão da praia, interrompendo a caminhada dos transeuntes. Para passar, tinha-se que contornar o obstáculo disforme e caminhar pela ciclovia ou pela areia. Imagine um carrinho de bebê ou uma cadeira de rodas.

Albino e eu ficamos imaginando o escândalo que seria se isso acontecesse numa cidade civilizada. As autoridades não permitiriam, mas se permitissem, a sociedade se levantaria. Como fazia de vez em quando, meu primeiro impulso foi ligar para o Zózimo. Pensei em convocá-lo, mesmo em cadeira de rodas. Os três então cometeríamos um santo vandalismo contra aquela instalação hiper-realista *fake*. Ele toparia e começaria logo uma campanha — a primeira em que uma árvore devia ser derrubada em nome da ecologia.

Zózimo era assim. Conhecia o *grand-monde*, transitava pelo mundo com desenvoltura, mas tinha sempre um pé no quintal. Era cosmopolita e provinciano. Gostava de Miami, Paris, Nova York e Londres, mas não perdia de vista sua cidade. Como disse o "Caderno B", onde ele passou os melhores anos de sua vida profissional, Zózimo era "um torcedor fanático do Rio".

Mas não só pelo tema ele era carioca, também pelo estilo — pelo seu humor e irreverência. Uma noite, quando ainda a freqüentava, e num bar, quando ainda bebia, ele falou de sua trajetória, dos riscos da profissão, da tentação das fontes, do perigo da complacência e do deslumbramento em relação aos poderosos. Não desconhecia que, em termos de jornalismo, a convivência com o poder em geral acaba em conivência.

Disse em suma que cada vez desprezava mais a frivolidade e se apegava à notícia. Concluímos então, entre gargalhadas, que no fundo sua carreira podia se resumir a uma daquelas notas que só ele sabia dar: "E o Zózimo, hein, quem diria, de fútil passou a útil."

Fomos de um tempo — eu mais do que ele — em que Carlos Lacerda, professor de jornalismo, aconselhava a não usar ironia no texto de jornal. Achava que confundia o leitor, já que ironia é dizer o oposto do que está escrito, sem sinal gráfico para evitar a confusão. A pergunta e a exclamação vêm sempre acompanhadas dos pontos de interrogação e interjeição, mas a ironia não, não podia ser grafada. "Cuidado, não existe ponto de ironia", ele advertia.

Pois Zózimo conseguiu fazer sentar na mesma mesa a ironia e a informação.

Nos considerávamos muito próximos no alfabeto e no coração. Pretendíamos formar o *Bloco do Abzedário*: Za, Ze, Zi, Zo, Zu. Para nada, só para se reunir e falar besteira. Ziraldo já tinha topado.

Agora vamos ter que esperar um pouco para nos encontrar em outro lugar. Hoje o bloco está mais triste sem ele. Tá faltando o Zó no nosso zunzunzum.

Conheça mais sobre nossos livros e autores no site
www.objetiva.com.br
Disque-Objetiva: (21) 2233-1388

markgraph

Rua Aguiar Moreira, 386 - Bonsucesso
Tel.: (21) 3868-5802   Fax: (21) 2270-9656
e-mail: markgraph@domain.com.br
Rio de Janeiro - RJ